# 幽冥食堂「あおやぎ亭」の交遊録

——水の鬼——

篠原美季

white heart

講談社X文庫

# 目次

幽冥食堂
あおやぎ亭の交遊録
交遊メンバー
小《お》野《のの》 篁《たかむら》
《通称・野《や》相公《しょうこう》》
「あおやぎ亭」主人。冥界と現世を行き来する。殯《もがり》を司る「遊部」の一員。
半《なから》井《い》結《ゆい》人《と》
大学一年生。子どもの頃の体験から、死者の魂が見える。「遊部《あそびべ》」の末裔。

閻《えん》魔《ま》大《だい》王《おう》
《通称・閻魔》
地獄の裁判官。またの姿は地蔵菩薩。強面《こわもて》と思いきや、驚くほどの美少年。
朝《あさ》比《ひ》奈《な》明《あき》彦《ひこ》
結人の従兄弟。子どものころ川で溺れ、結人に救われた。
朝《あさ》比《ひ》奈《な》真《ま》明《ひろ》
明彦の双子の妹。クール・ビューティーな大学生モデル。

イラストレーション／あき

# 幽冥食堂「あおやぎ亭」の交遊録——水の鬼——

# 序章

呼んでくれた。
たしかに、呼んでくれた。
だから、戻ろうとしたのに。

なぜ、まだここにいるんだろう。
どうして、みんなのそばにいないのだろう。
こんな暗く、寂しいところに。
いつまでいなければならないのか。

あれから、ずっと待っているのに。
あの声が、もう一度呼んでくれるのを、ずっとずっと待っている。

だけど、もう長いこと、あの声を聞いていない。

忘れてしまったのだろうか。
呼ぶことを。
存在を――。

存在……？
そんざいって、なんだ？
ぼくは、いったいだれだっけ？
だれが、だれを呼ぶんだったか。

すべてが、あいまいでぼんやりしている。
ぼくが、だれだったかも。
だれのところにもどるつもりだったかも。
なまえって、なんだ？
ああ、わからない。

かんがえることも、めんどうくさくなってきた。
それでも、ただひとつ、たしかなのは――。

つめたい。
なにもかもが、とにかくつめたくて。
からだも、こころも、こおるようにつめたくなっていく。

そうして、すべてが、そこにしずみ……。

# 第一章　変化のはじまり

## 1

「お待たせしました。本日のランチ・プレートです」

　言いながら、テーブルの上に大きめのお皿を置いたとたん、「うわあ」という女性客の華やかな声があがる、のがふつうだ。

「すご～い」とか。

「きれ～」とか。

　実際、陶器のお皿の上には、まるで、そこだけ春を迎えているかのように華やかで、かつ、きちんと秋野菜を使った一口惣菜《そうざい》がバランスよく並べられ、これにスープと、さらに食後のデザートとコーヒーがついてくるとなれば、千円という代金でもお得感は満載《まんさい》といえよう。

インスタ映えするのはもちろんのこと、味も十分満足がいく。

当然、ほとんどの客はしめし合わせたようにスマートフォンを取り出し、さまざまな角度から、カシャ、カシャ、カシャ。

それから、嬉《うれ》しそうに箸《はし》を取り、「いただきま〜す」と言って食べ始める。

そんな一連のくだりを見るたび、半井結人《なからいゆいと》は自分が褒められたみたいに誇らしい気持ちになるものだった。

だが、今回は、ちょっと様子が違うようだ。

結人がテーブルの上にお皿を置くと、二人の女性客は害虫でも探すようにじっとお皿を見おろしたあと、しばらくして、左側に座っている女性が拝むように両手を合わせ、思いつめた様子でこう言った。

「これが、私の最後の晩餐《ばんさん》ね」

カウンターのほうに戻りかけていた結人は、その言葉に思わず足を止め、「え？」と言って振り返る。

「——最後の晩餐？」

だが、すぐに、店員である自分が客の会話に割り込んでいることに気づき、「あ、すみません」と謝った。

「つい、うっかり」

それに対し、右側の女性がゆるゆると首を横に振って「気にしないで」と応じる。

「そりゃ、誰だって、びっくりするわよね。いきなり『最後の晩餐』とか聞こえたら」

「……ああ、はい。まあ」

ランチの時間帯はとっくに過ぎていて、他《ほか》に客もいないことから、結人はお盆を抱きしめながら客のほうに向きなおる。

「正直、本当に驚きました」

「でしょうね。――でも、安心して、別に、自殺をしようとかいうんじゃないから」

そんなことは考えてもみなかった結人であったが、聞いたとたん、ホッとして「そうですか、よかった」と心の底から応じる。

「自殺は、よくないです」

「そうね、わかっている」

ただ、そうなると、わからないのは――。

「でも、それなら、なぜ、『最後の晩餐』なんですか?」

踏み込んでいいものかどうか迷いつつ、流れに任せて尋ねてみた。でないと、今夜、気になって眠れなくなりそうだったからだ。

もしかしたら、なにか大病を患い、明日から入院でもするのだろうか。

それとも、単純に、友人同士、「『最後の晩餐』になにが食べたいか」という検証でもしていたのか。

あり得そうな例をいくつか考えていた結人に対し、左側の女性が顔をあげ「なぜなら」とおもむろに答えた。

「私の命は、明日で終わるから――」

次の瞬間、結人の手から木のお盆が滑り落ち、派手な音を立てて床の上を転がった。


西早稲田《にしわせだ》の路地《ろじ》裏にひっそりと存在する「あおやぎ亭」。

訳あって、ここの店主と知り合いになった結人は、近くの大学に通うかたわら、この店でアルバイトをすることになった。

当初、一人で店を切り盛りする主《あるじ》が買い出しや用事を済ませる間だけ――という条件で店番を引き受けたのだが、居心地のよさに惹《ひ》かれ、最近では、ヒマができるとここに来て、接客その他を手伝うようになっている。

なんといっても、明るくのんびりとした時間が流れる「あおやぎ亭」は、この場にいるだけで気持ちが浄化される癒《い》やしの空間なのだ。神社仏閣などではよくあることだが、街中のカフェなどではけっこう珍しい。

そういう意味では、「食事処《どころ》」というより、お茶室に近いのかもしれない。

有機野菜や薬草《ハーブ》をふんだんに使った健康志向の食事なども、形を西洋風にした精進料理と言えなくもなく、結人自身、「まかない」として出されるご飯を食べているだけで、身体《からだ》の内側からきれいになっていく気がしていた。

その点、「最後の晩餐」にもふさわしいと言えるかもしれない。

もっとも、それらの料理を作るのはもっぱら主の仕事で、結人は、接客か、せいぜい盛り付けまでである。

営業時間が「日の出から日の入りまで」というちょっと変わったこの店では、朝食とランチと晩ごはんで、それぞれ定食がある以外、さほどメニューが豊富ではなく、そのうちのいくつかは、主が前日に仕込んだ作り置きの惣菜をお皿に並べるだけであるため、結人一人でも提供することができた。

そこで、ランチの混雑時を過ぎた午後二時過ぎから夕食の時間が始まる前の午後四時くらいまでは、このランチ・プレートかカレー、あとはケーキメニューの提供のみとなっていて、その間、結人が一人で店番をすることが多かった。

今も、店内は、結人とこのテーブルの女性客二人だけなので、どこか気安い雰囲気《ふんいき》に包まれているはずだったのに、まさかの会話が重い。

重過ぎる。

小ぶりですっきりした顔。

ほわほわと柔らかそうなくせ毛。

寝起きでも身綺麗《みぎれい》に見える清潔感のある結人は、巷《ちまた》にはびこる心身ともに軟弱そうな「草食系男子」とは違う、だからといって「肉食系」ではけっしてない、唐揚げをパクパクと食べながらも、黒烏龍茶《くろウーロンちゃ》のように油分を適度に排出できる血液を持った、言うなれば「自浄《じじょうけい》系男子」だ。

その外見のせいかどうか、人から相談事をされることもたまにあって、テーブルの脇《わき》に隣のテーブルの椅子《いす》を引いてきた客に座るようにうながされた結人は、いつの間にか、仕事もそっちのけで二人の話を聞く羽目に陥っていた。

「……というわけでね」

右側の女性が、左側の女性のことを気にするようにちらちら見ながら説明する。

「その占い師が言うには、寛子《ひろこ》の寿命は明日までなのだそうよ」

「……明日」

どうやら、左側の女性の名前は「ひろこ」というらしい。二人ともこの店には時々来ていたらしく、結人も、顔を見たことがある気がしていたが、こうして名前を聞くのは初めてだ。

結人が尋ねる。

「でも、寿命なんて、どうやってわかるんですかね？」

「さあ。——ただ、その占い師、当たるので有名は有名なの」

「そうなんですか?」

「ええ。ほら、聞いたことない? 最近、テレビなんかでも取りあげられている『天命を知って、人生を豊かに生きよう』の著者、『天命会《てんめいかい》』の篝天啓《かがりてんけい》先生」

「てんめいかいのかがりてんけい先生」

繰り返した結人が、申し訳なさそうに応じる。

「すみません、あまり、その手のことに詳しくなくて」

「そうなんだ。けっこう有名なんだけどね」

そう告げた女性が、「というか」と言い換える。

「『時の人』と言ったほうがいいのかもしれないけど、この前、心筋梗塞《しんきんこうそく》で亡くなられた大御所俳優が、篝天啓のもとに足繁《あししげ》く通っていたらしくて、今、お昼のワイドショーなんかではずいぶん大きく取りあげられている渦中《かちゅう》の占い師よ」

「へえ」

「もっとも、寛子が診てもらったのは、それより前のことで、テレビより先にネットでかなり話題になったのよね?」

最後は、「寛子」のほうを向いての確認に、寛子が静かにうなずく。

「ええ。実は、私の友だちの友だちが『天命会』の創始者『アメノミコ』のファンで、かつ『天命会』の一般会員になっているというのがあって、その伝手《つて》で、私も」

「創始者？」

聞き咎めた結人が、「つまり」と確認する。

「『篝天啓』という人は、あくまでも所属の占い師で、創始者ではない？」

「ええ。篝先生は、情報通らしい友人が、「というかね」と口を挟んだ。

「篝天啓は、もともと名の通った占い師だったんだけど、当時、まだネット上で細々と人に寿命を教えていたアメノミコの噂を聞きつけ、その的中率の高さから教祖として仰ぐようになったのが、『天命会』の始まりと言われているから、いちおうアメノミコが創始者ということになっているけど、実際は、篝天啓の力が大きく、いわば立役者と考えられているみたい」

「ふうん」

少しずつ事情を理解し始めた結人が、訊《き》く。

「ということは、もしかして、その大御所俳優という方も、寿命を言い当てられたりしたんですか？」

「もちろんよ。――だから、ここまで騒がれているんじゃない」

言い切った女性が、続ける。

「『天命会』の占いが支持を得ているのは、そこいらの占い処のように、ただ運勢を診るだけでなく、その人の寿命を正確に予測するから、みんな、それを基に人生設計をしようと躍起《やっき》になるの」

「……なるほど、人生設計か」

たしかに、ゴールが見えていれば、人生も設計しやすい。

気持ちはわからなくもないが、やはり、結人には、どうやって寿命を知るのかがわからず、引っかかりを覚える。

だが、あまりそのあたりを気にしていない様子の女性客が、結人も十分納得したとみなし、「でね」と続けた。

「寛子も三十路《みそじ》という節目を迎え、今後の人生を考える上で、まず、自分が何歳くらいまで生きられるかを教えてもらい、それを参考に、結婚やその他のことを改めて考えようと思って、その占い師のところに行ったわけだけど、いざ、面談して寿命を教えてもらったら、なんと——」

相手が間を置いた隙《すき》に、結人が告げた。

「明日までって、言われてしまったわけですね？」

「そうなの」

すると当の寛子が、「実際は」と補足する。

「診てもらったのは先週で、『貴女《あなた》の寿命は、あと一週間です』って告げられたのよ。わかるかしら、その時の気持ち。――たった一週間よ、一週間。一週間で、なにができると思う？　海外旅行にだって行けやしない。パスポートを申請し直しているうちに終わっちゃうわ」

　美しいランチ・プレートを前にして、ふいに涙を流し始めた寛子が、「やっぱり」と声に後悔の色をにじませる。

「占いなんてしなければよかった」

「そうよ。だから言ったじゃない。やめとけって」

「でも、あの時は、知りたかったの。寿命もそうだし、結婚や子どものこととか、私の未来のすべてが知りたくて、気が急《せ》いていて――」

　結人が、なんとも言い難《がた》そうな表情になる。

　未来は、あくまでも未来であって、あらかじめわかるものではない。それなのに、多くの人は、未来に確実さを求める。

　それだけ、足元が不安定なのだろう。

　もっとも、「天命会」だか「箒天啓」だか知らないが、その占いに限っては、人の寿命、つまりは未来を、正確に言い当てているらしい。

　いったい、どういうことなのか。

　結人が考えていると、寛子の友人が、なんとも理不尽《りふじん》そうに告げた。

「でも、ひどい話だと思いませんか?」

「え、なにが?」

「もちろん、その占いですよ」

「ああ、たしかに」

「他人の寿命を宣言するなんて、どう考えてもおかしいでしょう。しかも、よりにもよって『一週間』」

本気で憤っているらしい友人は、憤懣《ふんまん》やるかたない様子で続ける。

「ふつうに暮らしている人にとっての『一週間』なんて、あっという間に過ぎてしまうことを思えば、言い方を変えると、死亡宣告をされたようなものです」

「そうかもしれません」

「だとしたら、それはもう占いじゃなくて、呪《のろ》いよ。——呪い」

「……呪い?」

思ってもみなかった結人が、繰り返しながら吟味する。

言われてみれば、本当に寿命というのが存在するのか、それとも予測ありきの死であったのかは、誰にもわからないわけで、寿命などあらかじめ決まっていなければ、その寿命を宣告することは、宣告された側に呪いとして作用し、死ななくていいはずの人間を取り殺す。

結人が、深くうなずいて言った。

「おっしゃるとおりで、僕も、人の不幸を予測するような占いなんて、あまり気にしないほうがいいと思います。寿命なんて、ふつうの人間に予測できるわけがないんだし、そもそも、寿命自体、あるかどうかアヤシイわけですから」

「そうよね」

「はい」

うなずいた結人が、「もし」と続ける。

「今まで宣告どおりに亡くなられた方がいたとしても、それは、絶対にまぐれ当たりに決まっていますし、もし、まぐれでないなら、なにかしら前もって情報を得ていたか、でなければ、占ってもらった人の思い込みが激しくて、ストレスでお亡くなりになったのかもしれません。――だとしたら、本当にもったいない話です」

「ストレス？」

寛子とその友人が、不思議そうに顔を見合わせる。

「ストレスで、人が死ぬの？」

「死にますよ」

認めた結人が、「前に」と教える。

「それこそ、テレビ番組でやっていました。今は倫理上できませんが、大昔には、そんな実験もやったことがあるみたいでした」

「そうなんだ？」

結人の言葉に力を得たように友人のほうが、「ほらほら、寛子」と明るく言う。

「店員さんもこう言っているし、やっぱり、寿命のことなんて気にしちゃダメよ。それより、せっかくだから、おいしいものをおいしくいただいて、元気になろう。ここのご飯、魂から生き返るって、いつも言っていたじゃない。――ね？」

（そうなんだ）

結人は、女性がなにげなく告げた一言に、思わず気を取られた。

（魂から生き返る――）

それは、この「あおやぎ亭」が持つ別の顔を知った結人には、なんとも象徴的なことのように思えてならなかった。

しゃべっているうちに少し元気になったのか、小さく溜《た》め息《いき》をついた寛子が「まあ、たしかに」と応じた。

「私だって、本気で『寿命』なんてものがはっきり決まっているなんて、信じてはいないんだけど」

宣言したあとで、「あ、いや」と言い直す。

「半信半疑ってところかな。ある気もするし、ない気もしている。――だって、そんなものがあったら、それを管理している『地獄』だとか『閻魔大王《えんまだいおう》』なんてものがいることも認める必要が出てくるわけで、それこそ、絶対にあり得ないでしょう。そんなのがいるのは、漫画とかライトノベルの世界だから」

「そうよ。わかっているじゃない」

友人の女性は、そこで嬉しそうにうなずいていたが、結人は、心の中でふと「あれ？」と思う。

「寿命」が決まっていたら、それを管理している「地獄」やら「閻魔大王」なんてものまで認めなくてはならなくなる。ゆえに、「寿命」なんてものはない――という論法であるとしたら、その逆はどうなるのか。

もし、「地獄」やら「閻魔大王」なんてものが、実は存在しているとしたら、その延長線上のこととして、人の「寿命」というのも、実はきちんと決まっていたりするのではあるまいか。

気づけば、すっかり元気になって、「やっぱり、ご飯、オイシイ～」とか「販売促進部の渡辺《わたなべ》君がかっこいい」とか、他愛ない日常会話を始めた二人のそばを離れた結人は、頭に刻まれた疑問を抱えたまま、本来の業務をこなすため、シンクに溜まっている食器を洗い始めた。

「ありがとうございました」

「ご馳走様《ちそうさま》」

2

「また、来ます」

「はい。ぜひ。お待ちしております」

すっかり元気になった寛子と友人を扉の前で見送った結人は、二人の姿が路地の先に消えるまでそこに立っていた。そのすぐそばでは、店の名前の由来となっている大きな柳の古木がさわさわと風に揺らめいている。

視線を移して見あげれば、葉はすっかり黄色く染まり、季節の移ろいを感じた。

「……そうか。もう、すっかり秋なんだなあ」

と――。

「俺が、どうしたって？」

ふいに横合いから声がかかり、驚く結人の肩を、その声とは別の誰かがバンと叩《たた》いて言った。

「ゆ〜いと」

トーンの高い女性の声。

見れば、桃の木のある北東側から従兄弟《いとこ》の朝比奈明彦《あさひなあきひこ》が、それとは逆の物陰から、同じく従兄妹《いとこ》の朝比奈真明《まひろ》が現れ出た。

明彦は、顔はさほどでもないが、上背があって物腰も堂々としているため、かなりのイケメンと見られがちだ。それに加え、某大手食品会社の経営者一族の御曹司《おんぞうし》ともなれば、女性関係が絶えることは、この先もないだろう。

対する真明は、骨格がしっかりした男顔ではあるが、造形は至極整っていて、「クール・ビューティー」の名をほしいままにしている現役大学生モデルだ。

そして、二卵性双生児である明彦と真明は、顔はあまり似ていないが、それぞれ傍若《ぼうじゃく》無人《ぶじん》で我が道を行くガキ大将的なところは、本当にそっくりである。

「……アキに真明ちゃん。え、なんでここに？」

二人のことを認識した結人の肩に手を置いたまま、真明が続ける。

「それは、こっちの台詞《せりふ》でしょう、結人。あんた、私たちに断りなく、こんなところでなにやってんのよ？」

「……ああっと、それは」

結人は、とっさに返事につまる。

世界的ピアニストである結人の母親とそのマネージャーである父親は、彼が物心ついた頃から世界中を飛び回っていたため、基本、藤沢《ふじさわ》にいる父方の祖父母のもとで育った結人であるが、折につけ、この母方の親戚《しんせき》である朝比奈家と交流があったことで、あまり寂しい想《おも》いをせずに済んだ。

つまり、明彦と真明は、結人にとって従兄弟であると同時に幼馴染《おさななじ》みでもあるのだ。

そのため、隠し事と言えるような隠し事をしたことがなく、たいていのことは把握されている。

ただ、なぜか、ここでのアルバイトのことは、この二人に知られたくない気がして、ずっと黙っていた。そもそも「断りなく」と言われたが、いい大人が、いちいち断りを入れてバイトをする必要はないはずだ。

昔から彼らは結人の生活に干渉しがちで、ふだんなら、それも気にならないのに、「あおやぎ亭」に関してだけは、干渉されたくないという気持ちが強い。

だが、情報通の真明の場合、教えるまでもなく、すでに筒抜けのようであった。

「な～んて、教えてくれなくても、もう知っているけど。――結人、ここで、ウエイターのアルバイトをしているのよね。しかも、私たちに内緒で」

「別に内緒にしていたわけではないよ」

「そうか?」

明彦が、自分の肩のあたりをさすりながら、不機嫌《ふきげん》そうに応じる。

「俺は、真明に聞かされるまで知らなかったが」

「ああ、うん、だろうね。言ってなかったから」

「それは、内緒とは違うのか？」

「……どうだろう」

答えにつまった結人が、真明に対して訊く。

「でも、それなら、真明ちゃんは、なんでわかったわけ？」

「それは、基礎ゼミで一緒の子が、ここにランチを食べに来て、あんたを見かけたって教えてくれたから」

さすが、女子同士の情報網は鉄壁だ。

結人が店内に引き返すうしろをついて歩きながら、真明が訊いた。

「で、なんで、黙っていたわけ？」

「それは、言ったら、二人とも押しかけてきそうだったから」

「それなら、残念だったわね。言わなくても、こうして押しかけてきてやったわ」

「うん」

結人が溜め息混じりに応じ、店内をもの珍しそうに見まわす二人に言った。

「どうでもいいけど、いちおうお店だから、座るなら注文をしてくれる？」

結人が言い、「今なら」と教える。

「まだランチ・プレートもあるし、コーヒーだけでも」

「結人のおごり?」

　実家がとんでもないお金持ちで、とんでもない額のお小遣いをもらっているくせに、あっけらかんと言う真明に、結人も、つい立場を忘れ、いつもの口調で返した。

「そんなこと言って、二人なら、店ごと食べ尽くせるくせに」

「たしかに」

　笑って応じた真明のうしろで、四人掛けのテーブル席に座り、カウンターの方を探るように眺めた明彦が、「というより」といささか物騒なことをのたまう。

「この規模なら、店ごと買える」

　それはやめてほしいと真剣に願う結人に、真明が訊く。

「どうでもいいけど、結人、一人?」

「今はね。お客様が少ないうちに、たか――マスターは買い物に出ているんだ」

　名前を言いかけてやめた結人は、使い慣れない単語で主のことを語る。

「それこそ、基本、一人でお店をやっているから」

「へぇ」

　店内を歩き回った末、ようやくカウンターの椅子に腰をおろした真明が、「私」と注文する。一緒に来たわりに離れた場所に座るあたり、もう、ここが彼ら専用のラウンジかなにかと勘違いしている傲岸不遜《ごうがんふそん》さだ。

「美容によさそうなハーブティーが飲みたい」

「真明は、ハーブティー」

　繰り返した結人が、明彦を見て訊く。

「アキは、コーヒーでいい？」

　中学生の時からずっとブラックコーヒーばかりを好んで飲む大人舌《おとなじた》だった明彦は、いまだに結人が飲んでいる甘めのコーヒー牛乳を、まるで親の敵のような目で眺めるのだ。

「……ああ」

　うなずいた明彦が自分の肩をもむのを見て、結人がそれぞれのカップを用意しながら尋ねる。

「なに、アキ、珍しく肩が凝っているの？」

「いや」

　短く否定するが、その手が肩から離れることはなかった。

　先にハーブティーを淹《い》れて真明の前に置いた結人が、砂時計をひっくり返しながら告げる。

「砂が落ちたら、飲み時だから」

「なら、その時が来たら、注いでね」

「……はいはい」

本来自分でやるべきことを人にやらせることに対し、朝比奈家の女王様はなんの躊躇《ちゅうちょ》も見せない。

コーヒーの準備を始めた結人が、沸騰したお湯をゆっくり注ぎ込みながらドリップしていると、カウンターに寄りかかってスマートフォンを見ていた真明が、「あれ？」と意外そうな声をあげた。

「ねえ、ここって」

誰に向かって言っているのかはわからなかったが、壁際のテーブル席で自分のスマートフォンを操作している明彦がほとんど興味を示さないため、仕方なく、コーヒーを淹れながら結人が訊き返す。

「なに？」

「ほらほら、一昨日《おととい》の雨で川が増水して、近くでキャンプをしていた親子が濁流に呑《の》まれて流されたというニュースだけど、よく見たら、これ、昔、明彦が流された川と同じじゃない？」

そこで、カウンター越しに真明のスマートフォンの画面を覗《のぞ》きこんだ結人が、「あ、本当だ」と認める。

明彦も、初めて興味を示し、チラッと視線をこちらに流した。

当人はどうかわからないが、結人は、この時のことを今でもはっきり覚えているし、時おり夢に見ることもある。

増水した川に落ち、濁流に呑まれた明彦は、三十分後、少し下流の岸辺に引っかかっているところを発見され、救助された。

だが、引きあげられてすぐは息がなく、手遅れだと誰もが思った。

すすり泣きや絶望の悲鳴が交錯する中、少し離れたところで見ていた結人は、川の対岸に、まさにこちら側の岸に横たわる明彦と瓜二つ《うりふた》の少年の姿を見たのだ。

驚いた結人は、とっさに叫んでいた。

「アキ！」

手にした明彦のパーカを振りながら、さらに呼ぶ。

「アキ！」

なぜ、自分が彼を呼ぶのか。

呼んだところでどうなるのか。

なにより、なぜ、こちらの岸辺で息をしていない明彦の身体とは別に、対岸に明彦の姿が見えているのか。

そんな疑問はあとから山ほど出てきたが、その時は、ただただ必死で叫んでいた。

「戻れ、明彦！」

すると、不思議なことに、対岸にいた明彦の姿がフッとかき消え、次の瞬間、一度は絶望視された明彦が、息を吹き返した。

奇跡の生還だ。

その体験は、長い間、結人にとって謎《なぞ》であり、さらに、その時以来、結人は、なぜか死者の姿を頻繁に見るようになってしまった。ただ、明彦の時と同じで、その姿があまりにはっきりし過ぎているため、ほとんど生者と区別がつかない。

そのため、よほど死者の姿が違和感のある場所にない限り、結人が死者を「死者」と認識することはなかった。おかげで、その能力のことで困ることはほとんどなく無事に生きてこられた。

それだというのに、最近になって、そうも言っていられない事件が起こった。

その過程で、「あおやぎ亭」とも出会うことになったわけだが、それが、結人にとっていいことなのか、どうなのか。まだはっきりどっちとは言えないが、少なくとも、結人自身は「あおやぎ亭」とその主に巡り会えたことは、よかったと思っている。

ネットニュースを流し読みしている真明が、「やだ」と疎ましそうな声をあげた。

「あの時、明彦は、すんでのところで助かったけど、今回は、一人亡くなっているみたいね。――子どものほうは助かったようだから、不幸中の幸いだけど。でも、重症とあるから、意識は戻っていないのかも。気の毒な話よねえ」

夏の終わりから秋にかけ、台風が連続してやってくるこの季節は、この手の話題に事欠かない。しかも、昨今は、「局地的集中豪雨」などと称し、予想しないようなところでふいにこの手の災害に見舞われたりするから、油断がならない。

結人が、香り立つコーヒーを持ってカウンターを出ていくと、先ほどより渋い表情になっていた明彦が、相変わらず肩のあたりを触りながら、真明に向かって言った。

「助かったのなら、いいだろう」

「でも、助けようとしたお父さんは亡くなったみたいだし、きっと、のちのち精神的な後遺症も出てくるでしょうね」

応じた真明が、「そういえば」と、首をかしげて言う。

「アキって、まったく『ＰＴＳＤ』にならなかったわね」

それに対し、明彦は答えるでもなく、相変わらず肩をさすっている。

テーブルの上にコーヒーを置いた結人が、その様子を見て訊いた。

「アキ、さっきからずっと肩をさすっているけど、もしかして、どこかにぶつけた？」

「――いや」

「なら、寝違えたとか？」

「違う」

応じた明彦は、どこか定まらない目で遠くを見ながら、「そうではなく」と他人事《ひとごと》のようにつぶやいた。

「きっと、桃の毒気に当てられたんだ」

「……桃？」

それは、なんとも明彦らしくない表現である。

そのせいだろうが、その瞬間、結人は、なぜか、見慣れたはずの明彦の姿が別人のように思えてきて、ブルッと身震いする。

なぜ、そう思ったのか。

別に、明彦の外見が変わったとかいうわけではないのに、なぜか、別の人間を見ているような気になったのだ。

明彦も明彦で、二、三度、ブル、ブルッと小刻みに首を動かしたあと、ふいに立ちあがって、歩き出しながら告げた。

「帰る」

「え、アキ？」

驚いた結人が、明彦の姿を目で追いながら言う。

「帰るって、コーヒーも飲まずに？」

「ああ、お前にやる」

「もしかして、具合でも——」

悪いのか。

問いつめたかったが、最後まで言う前に、彼は店を出ていった。

いったい、なにが起きたのか。

二卵性双生児である真明にも、今の状況は理解できなかったようで、明彦の消えた扉を見ながら目を丸くしていた。

「なに、あれ？」

「なんだろう」

「傍若無人にも限度があるわよ。いつの間に、あんな身勝手な子になったのかしら」

「……いや、でも、今の様子は、身勝手というより」

結人は、奇妙な胸騒ぎを覚えつつ、ふと訊き返す。

「もしかして、ここのところ、変だった？」

「アキ？」

「うん」

「いいえ。いつもと変わらない、クールな王様だったわよ」

「だよね。僕も、あまり違和感はなかったんだけど……」

「あ、でも」

なにかを思いついたように声をあげた真明が、教える。

「言われてみれば、最近、ちょっと考え事をしている時間が長かったかも」

「――考え事？」

「そう。――心ここにあらず、的な？」

「……へえ」

意外そうに応じた結人に、真明が「でもまあ」と付け足した。

「おかしいというほどおかしかったかといえば、通常の範囲内よ。もともと、それほどべちゃくちゃ話すほうではなかったし、人の話は、ロクに聞いちゃいないし」

「……うんまあ、そうだよね」

その点は結人も認めるが、やはり、一度抱いてしまった違和感を簡単に拭《ぬぐ》い去《さ》ることはできなかった。

# 3

客のいない店内で、結人が一人、カウンターに座って考え事をしていると、カラカラと風流な音を立てて扉が開いた。

条件反射で立ちあがり、「いらっしゃいませ」と応じた結人に対し、入ってきた男性が「おやおや」と言って、朗らかに笑う。

「完全に、開店休業状態だね」

「あ、篁《たかむら》さん。おかえりなさい」

現れたのは、「あおやぎ亭」の主である、小野篁《おののたかむら》だった。しかも、「おのたかむら」ではなく、古典風に「おののたかむら」と読む。

背の高い目元の涼しげな美丈夫《びじょうぶ》で、洗いざらしのジーンズに白いシャツがよく似合う。

この店に通ってくる女性客の多くは、おいしい食事で英気を養うとともに、このどこか古風な雰囲気を醸し出す、穏やかで麗しい店主を見て目の保養もしているはずだ。

もっとも、彼女たちは、彼の本当の姿を知らない。――いや、別に変身するわけではないので、姿形は変わらないし、中身も同じと言えば同じだ。

ただ一つだけ、ふつうの人と大きく違う特性をあげるとすれば、彼が、生身の人間でありながら、冥府《めいふ》――つまり死後の世界の役人を務める平安時代の貴人、「小野篁」その人であるということだろう。

だから、「おのたかむら」ではなく、「おののたかむら」なのだ。同姓同名の子孫ではなく、まがうかたなく本人である。つまり、とんでもなく長生きをしていることになり、それを知った時の結人の驚愕《きょうがく》は、いかばかりであったか。

一ヵ月以上経《た》った今では、それも当たり前のこととして受け入れられるようになり、実は結人が歴史上で三番目に好きだった「小野篁」に、こうして現実に相見《あいまみ》えることができたことを喜ぶくらいの余裕すらある。

だって、誰が思うだろう。

歴史の教科書に出ていた人物に会えるなんて――。

「思ったより遅かったですね」

「うん。ちょっと寄り道をしていたから」

答えた篁が、カウンターの上に買い物袋を置きながら、なにかの気配を探るように店内を見まわして訊く。

「もしかして、僕がいない間に、新しい客が来ていた?」

「はい。二組……三組ほど」

いちおう朝比奈家の二人も数に入れた結人に、篁が奇妙な質問をする。

「生きていた？」

「――へ？」

驚いた結人が、「生きていたかって……」と応じる。

「もちろん、生きていましたよ」

「本当に？」

「……たぶん」

若干心許《こころもと》なげに答えた結人が、付け足す。

「明日までの命だと言っている女性はいましたけど、それ以外は、みんなふつうでした。とても死んでいたようには思えない」

「――明日までの命？」

興味を引かれたようにこちらに視線を向けた篁であったが、逆に訊きたいことのあった結人が、「ああ、でも」と話題をそらす。

「僕のことだから、もしかしたら、生きているように見えて死んでいたのかもしれませんし、そういえば、僕、ずっと思っていたんですけど、篁さんは、死んでいる人と生きている人って、どうやって見分けているんですか？」

「……どうって」

答えに迷う素振りを見せた篁が、長ネギを手にしたまま考え込む。

「どうしているんだろうね。説明するのは、難しいかもしれない。例えて言うなら、眼鏡をかけている人間とかけていない人間を、どうやって見分けているのかと訊かれているようなものだから」

「……眼鏡」

つまり、篁にとっては、一目瞭然《いちもくりょうぜん》であるようだ。それでもなんとか考え出し、答えてくれる。

「そうだな、一つには、輪郭だと思う。よくよく見ると、死者は、生きている人間に比べて輪郭が曖昧《あいまい》なので、それで区別がつく」

「……輪郭？」

自分の顎《あご》のラインを両手で触りながら想像してみた結人に対し、「もっとも」と篁が付け足した。

「本当によくよく見ないとわからないから、とっさの判断には不向きだろうけど」

「……ですよねえ」

結人も、そんな気がしていた。

「他にはないんですか？」

「ないというか、あるというか」

「どっちなんです？」

「だからさ、わかる人間には当たり前過ぎて、教えようがないんだよ。――ま、言えるとしたら、慣れだね、慣れ」

「慣れ……」

それは、えんえん死者の魂と向き合えということなのか。

「でも、そんなことを言っていたら、いつまで経っても、僕、生きている人と死んでいる人の区別がつきませんよ」

「そうだね」

認めた篁が、続ける。

「でも、別に、それでもいいんじゃないか？」

「いいんですか？」

「うん。――だって、君、霊能者になるつもりはないんだろう？」

「――え？」

意外だった結人が、身を乗り出して尋ねる。

「僕、霊能者になる必要はないんですか？」

「ないよ」

あっさり肯定した篁が、続ける。

「本人にそのつもりがないなら、なる必要はまったくない。それに、僕が思うに、君にはあまり向いていない気がする」

さりげなく付け足された言葉はひとまず置いておいて、結人はまず本筋のほうを突き詰める。

「でも、僕、『遊部《あそびべ》』の末裔《まつえい》なんですよね？」

「ああ」

「それなのに、霊能者になる必要はない？」

「うん」

篁は、至極当然のように認めるが、結人にはよくわからなかった。

「遊部」というのは、古代日本に存在した葬儀にかかわる職能集団に付けられた名称で、まだ仏教が普及していなかった時代に、死者の魂を「殯《もがり》」と呼ばれる呪術《じゅじゅつ》的儀礼を通じて浄化し、自然に還《かえ》していた。

かなり早い段階で歴史から姿を消した職種であるが、半井家の人間には、その「遊部」であったと思われる一族の血が、ほんのわずかだが、流れているらしい。

結人が死者の姿を見てしまうのもそのためだし、死者の名前を呼ぶことで、肉体から離れようとしている魂を引き戻す「魂呼《たまよ》び」の力が備わっているのも、そうだ。そして、その力があったからこそ、以前、肉体を離れていこうとしていた明彦の魂を繋《つな》ぎ止《と》めることができたのだ。

つまり、結人には、間違いなく「遊部」の力が備わっている。

同じように、歴史上、その事実はどこにも記載されていないにもかかわらず、小野篁もまた、遊部の一人であり、その能力をもってして初めて、冥府の官僚たり得たのだ。

死者の魂を浄化する能力のある遊部は、死者に冥界《めいかい》の食べ物を提供し、肉体と魂を繋ぎ止めている欲望を削《そ》ぎ落とすことで魂を軽くし、解き放つ。

つまるところ、それが「殯」だ。

そして、「遊部」の一人である篁が主を務める「あおやぎ亭」は、実は、密《ひそ》かにその「殯」が行われている場所であり、閉店後は、夜陰に紛れ、この世をさすらう死者の魂が訪れては、篁の施す殯によって浄化されていた。

夏にその事実を知らされて以来、篁の手伝いをしている結人は、てっきり、自分は、このまま霊能者になるのだと思っていた。

だが、どうやら、そういうものでもないらしい。

篁が、改めて言う。

「『遊部』だから霊能者にならなければならないということは、まったくないよ。それで言ったら、君のご先祖様である半井辰五郎《たつごろう》だって、終生、『辰阿弥《たつあみ》』の名のもとに、超絶技法と謳《うた》われた明治の工芸界を牽引《けんいん》した職人だったわけだし、僕だって、かつては朝廷に仕える官僚だった」

「ああ、そうか」

言われてみれば、そうである。

となると、結人も、この先、自分の好きな仕事についていいことになる。

とはいえ、夜間工事の作業員や夜間勤務のある看護師などは避けたほうがいいだろう。特に、看護師などになってしまった暁には、自分が相手にしているのが患者なのか死者なのか、混乱しそうである。

そんなバカげたことを考えていた結人は、ふと、先ほど聞き流した篁の言葉が気になってくる。

「そういえば、さっき、篁さん、僕が霊能者に向いていないと言っていましたけど、本当に向いていないんですか?」

「ああ、そうだね」

認めた篁が、「君の場合」と根拠を説明する。

「どうもそういうものに好かれそうだし、だからといって『辰阿弥』のような職人的な鋭利さもないから、まともに死者たちの影響を受けてしまうのではないかと」

「それって、取《と》り憑《つ》かれるってことですか?」

恐ろしげに確認する結人に、篁がもっと恐ろしいことを告げた。

「それで済めばいいけど、下手をしたら、魂が追い出されて、身体を乗っ取られたりしそうだよね」

　結人が、それは嫌だと思いながら自分の手足を見おろしていると、今度は、篁が話題を変え、先ほどから気になっていたらしいことを尋ねる。

「それはそうと、結人。君、さっき、変なことを言っていたね」

「……変なこと？」

　自分の身体から篁に視線を戻した結人が、訊き返す。

「なんでしたっけ？」

「明日までの命がどうとかって」

「ああ」

　思い出した結人が、ポンと手を打って教える。

「そうなんですよ。前にも来たことのある女性のお客さんで、なんでも、占い師に寿命を診てもらったら、明日までの命だと言われてしまったらしく、友だちと、ここに『最後の晩餐』を食べに来たんです」

「へえ」

「彼女たちが言うには、その占い師って、寿命を言い当てるので有名らしく、最近の例をあげると、先日突然死した大御所俳優さんが、同じ占い師に寿命を宣言されていたんだとかって」

「そんなことがあったんだ？」

結人と同じで、あまりテレビを見ない篁は、そのニュースを知らなかったようである。

そこで、結人は、先ほどまで自分がスマートフォンで見ていたネットニュースの記事を篁の前に差し出す。

「ほら、これです。この『必見！　寿命を当てる占い師』というところ」

示された箇所をざっと流し読みした篁が、占い師の名前に目を留めてつぶやいた。

「『天命会』、籌天啓――」

それに対し、結人が「もっとも」と補足する。

「実際に寿命を予測するのは、籌天啓ではなく、籌天啓が所属する『天命会』の創始者『アメノなんちゃら』って人らしいですけど、なんであれ、不思議ですよね。どうして彼らに、人の寿命がわかるんでしょう？」

「さあ、どうしてだろうね」

「そもそも、寿命って本当にあるんですか？」

「もちろん、あるよ」

「――あるんだ」

根本的なことに疑問を抱いていた結人であったが、そこはあっさり肯定され、「え、それなら」と尋ねる。

「篁さんは、誰かの寿命を予測できます？」

「まさか。できないよ」

今度は言下に否定され、結人が意外そうな顔をする。

「え、できそうなのに」

「できない」

明言した篁が、「僕に限らず」と続けた。

「寿命を言い当てるのは、冥界の支配者である閻魔《えんま》にだって無理なはずだ」

「閻魔様にも？」

それは、本当に意外である。

冥界の支配者が知らないなら、いったい誰が寿命を決めているのか。

結人が訊くと、篁は少し考えてから答えた。

「寿命を決めているのが誰かはわからないけど、天の摂理に属する事柄であることは間違いないだろうね」

「――天の摂理？」

「要は、誕生の瞬間に決まるということだよ。――ただ、決まると言っても、その時点で確定はしていないはずで、その後の生き方によって、延びたり縮んだりする」

「延びたり縮んだりって……」

洗濯ものじゃないんだからと思いつつ、結人が言う。

「案外、いい加減なんですね」

「いい加減というか……」

少し悩んだ末、篁はあいまいに答えた。

「説明するのはとても難しいけど、結局、死んだ時には確定していて、それについては、冥府の所管ということになっている。だから、閻魔のお白洲《しらす》ではきちんと寿命の確認がなされるわけで、さらに、そこからプラス・マイナス数年のことであれば、寿命を増減する権限が、閻魔には与えられているんだ」

「――ふうん」

わかるようで、わからない。

でも、人に寿命があるのは、たしからしい。

冥府を統《す》べる閻魔でさえ予測できない人間の寿命。

それを、もし、現世において、まぐれ当たりではなく言い当てられるのだとしたら、それには、絶対、なにか裏があるはずだ。

と、その時。

カラカラと風流な音がして、店の扉が開かれる。

「あ、いらっしゃいませ」

間もなく夕食の時間帯になるため、早めに食事を済ませてしまおうという常連客が、ポツリ、ポツリと現れ始めた。

そこで、急ぎ、接客と料理、それぞれの持ち場に散った二人であったが、エプロンをつけ、包丁を手にしながら、篁はもの思わしげにつぶやいていた。

「そうか、寿命をねえ……」

そんな篁の手元で、スマートフォンが闇《やみ》色に光る。

サッと左手で操作した篁が、短いメールに目を通し、軽く眉《まゆ》をひそめてぼやく。

「これはまた、相変わらず人使いが荒いことで……」


数時間後。

閉店間際の店内でテーブルの上を拭《ふ》いていた結人に向かい、篁がカウンター越しに声をかけた。

「お客さんもいなくなったし、今日はもういいよ、結人。お疲れ様」

「え、いいんですか？」

振り向いた結人が、首をかしげて応じる。

「でも、ここまできたら、最後までいますけど」

「大丈夫。——だって、君、もうすぐ試験だろう?」

あまり耳にしたくない単語を聞いた結人が、「はあ」と若干テンションのさがった声で答える。

「そうですけど、よく知っていますね」

「最近、たまに来るようになった学生さんが話しているのを聞いたから」

「なるほど」

エプロンを解きながら応じた結人に、篁が「だからというわけではないけど」と告げる。

「明日からしばらくお店を閉めるので、ここには来なくていいよ」

「——え?」

驚いた結人が、訊き返す。

「閉めるって、なんでですか?」

「いや、さっき、冥界から連絡が来て、九州出張を命じられたんだ」

「九州出張」

まるでサラリーマンのようだと思った結人が、改めて尋ねる。

「冥府の仕事にも出張なんてあるんですか」

「たまにね。生きている人間と死んでいる人間が遺産を巡ってもめているらしくて、どう

にかしろと言ってきた」

「……生きている人間と死んでいる人間が遺産を巡ってもめている?」

繰り返した結人が、首をかしげて続ける。

「それって、どういう状況なんですか?」

「さあ」

肩をすくめた篁は、飄々《ひょうひょう》と応じた。

「行ってみないことには、さっぱりわからない」

「そうなんだ」

意外だった結人が、「篁さんって」と感心する。

「そういう仕事もするんですね」

だが、篁には通じなかったようで、訝《いぶか》しげに結人を見返して尋ねる。

「……そういう仕事?」

「だって、それって、いわゆる『除霊』みたいなもんですよね?」

とたん、妙に納得した表情になり、篁がうなずく。

「なるほど。――言われてみれば、たしかに」

どうやら、本人にそのつもりはなかったようで、案外のんきなものである。

結人が言う。

「でも、いいな。九州か。……『梅ケ枝餅《うめがえもち》』が食べたい」

太宰府《だざいふ》名物である餅菓子《もちがし》の名前をあげると、チラッとこちらを見た篁が、「あれは」と応じた。

「その場で食べないと、おいしくないだろう」

「そうですけど、食べたいなと思って」

意味もなく無茶を言った結人は、肩をすくめる篁に「じゃあ、お先に失礼します」と挨拶《あいさつ》すると、「あおやぎ亭」をあとにした。

# 4

目白台《めじろだい》のマンションの一室で、窓の外に広がる夜景を眺めていた朝比奈明彦は、ふとガラスに映り込んでいる自分の顔に気づき、眉をひそめた。

(……なんだ?)

このところ、折に触れ湧《わ》き起こる強烈な違和感。

自分が自分でなくなっていくような、心許なさがある。──いや、それは「心許なさ」などという生ぬるいものではなく、もっと強烈な恐怖心を伴うものだった。

気を抜いたら、奈落《ならく》の底へと真っ逆さまに落ちてしまいそうな恐ろしさ。

大手食品会社の創業者一族に生まれ、これまでなに一つ足りないもののない人生を送ってきた彼は、いわば、生まれついての「勝ち組」だ。それは、彼が「朝比奈明彦」である限り、生涯変わらぬ事実であると信じていたが、どうやらそうでもなかったらしい。

彼は、ここに来て、凄《すさ》まじい自己不信に悩み始めていた。

(俺は、誰だ?)

(どうして、ここにいる?)

(俺が、本当にやりたかったことはなんだったのか──?)

明敏な人間なら一度は抱く哲学的な問いかけを、明彦は、窓に映る見知らぬ自分に向かって投げかける。

（お前は、いったい何者だ――？）

もちろん、それに答えられるのは彼しかおらず、明彦は、どうしようもない違和感を抱えたまま、ガラスの中の自分に背を向け、そのまま夜の街へと繰り出した。

## 5

同じ日の夜。

奥多摩《おくたま》にある病院の真っ白いベッドの上で目を覚ました少年は、ぼんやりとした目であたりを見まわした。

意識が戻ったばかりで、まだ状況を把握できていないのだろう。

そこには、彼の母親と親戚の伯母さん、それに妹の玲奈《れいな》がいて、みんな、一様にホッとした表情を浮かべている。

家族でキャンプに行っていた彼は、増水した川に呑まれ、危うく命を落としかけた。運よく一命を取りとめたものの、今まで意識を失っていたのだ。

母親が、涙を浮かべながら言った。

「ああ、よかった。大地《だいち》。気がついたのね」

それに続き、親戚の伯母さんもクシャクシャの顔で喜びを露《あらわ》にする。

「よかったあ、大地君、本当によかった。——これで、もし、あんたまでいなくなったらと思うと、ぞっとしたわあ」

言っているうちに死者のことを思い出したのか、みるみる目を赤くしてつぶやく。

「……だけど、なんで司郎《しろう》さんが」

「司郎」というのは大地の父親の名前で、濁流に呑まれた息子を助けようとして、逆に帰らぬ人となってしまった。

とはいえ、水難事故からこの方、ずっと意識不明だった少年にそのあたりの事情がわかるわけもなく、悲しむ大人たちの顔を見まわして、ポカンとしている。しかも、その様子には、どこか不満げなものすらうかがえる。

それに気づいた母親が、身を乗り出して尋ねる。

「大地、どうしたの。どこか痛むの？」

息子が不機嫌になる原因が、事故の後遺症にあると思ったからだ。

だが、息子の反応は薄く、異なものでも見るように母親の顔を見返すばかりだ。

喜びから一転、急に不安になってきた母親が、自分の姉と顔を見合わせてから、再び話しかける。

「ね、大地。なにか言って。――お母さんのこと、わかるよね？」

まさか、意識は戻ったものの、記憶喪失にでもなっているのか。そんな懸念が母親の頭をよぎったが、そういうわけではないらしい。

首をかしげた少年が、そこで、ようやく口を開いた。

「あのさ、さっきから思っているんだけど、ここはどこ？」

意表をつかれた母親が、慌てて答える。

「ああ、そうね、きちんと説明もせずにごめんなさい。——ここは病院よ。川で溺《おぼ》れた貴方は、助けられてここに運び込まれたの」

「——へえ」

事情を理解したらしい少年が、「それなら」と核心に触れる質問をした。

「オバサンたちは、誰?」

「——え?」

耳を疑うような言葉を聞いて固まった一同をよそに、少年はベッドの上で身体を起こすと、なにかを捜すように身体を伸ばして問う。

「それと、僕のお父さんやお母さんはどこ?」

「……大地?」

「ここが病院だと言うなら、二人か、せめてお母さんは来ているはずだよね?」

まるで他人のような口をきく子どもを恐ろしげに見つめ、母親が蒼白《そうはく》になって応じる。

「……なにを言っているの、大地。お母さんはここにいるでしょう?」

だが、じろりと冷めた目でかたわらの女性を見つめた少年が、ひどく不満げな口調で言い返した。

「そっちこそ、さっきからなにを言っているのさ」

「なにって、なに？」

混乱を隠せない母親が、パニック寸前の様相で続ける。

「――大地、貴方、どうしたの。本当に、お母さんのこと、わからない？」

「うん、わからない」

相変わらず冷めた口調で応じた少年が、「だって」と続ける。

「どう見ても、貴女は僕のお母さんじゃないし、そもそも、僕は『大地』なんて名前ではないから」

それに対し、絶句した母親に代わり、伯母がおそるおそる尋ねた。

「それなら、君の名前は？」

「僕の名前は、朝比奈明彦」

「あさひなあきひこ？」

「そう。それでもって、父親は朝比奈和明《かずあき》、母親は朝比奈靖子《やすこ》だ」

# 第二章　結人《ゆいと》、鬼になる

## 1

冥界《めいかい》。

世にいう「地獄の一丁目」にある冥府《めいふ》の庁舎では、今日も地獄の統治者である閻魔《えんま》による裁きが行われていた。

もっとも、高度に組織化された裁判では、形式に則《のっと》って官吏が事務的に処理をする場合がほとんどであるため、閻魔のやることは少ない。ただ、たまに事務的に処理するには複雑過ぎる事例があって、そういう時こそ閻魔の出番だった。

とはいえ、その手の事例は、一日にそう何件もあるわけではないため、今も、閻魔は御《み》簾《す》の垂れた御坐《ぎょざ》の中で大あくびをかみ殺している。

泣く子も黙る閻魔大王――。

そんなイメージが浸透している閻魔だが、淡い黄色の刺繍《ししゅう》が施されたアオザイ風の純白の上衣に刺繍糸と同じ色の下衣を穿《は》いた姿で胡坐《あぐら》をかき、膝《ひざ》の上に頬杖《ほおづえ》をついた姿は、やんちゃな子どものようで、なにより、その顔は類を見ないほど美しく整っている。

かように噂《うわさ》とはまったく異なり、彼は泣く子も黙る『絶世の美少年』であった。

では、なぜ、そんな錯誤が生じているのかといえば、本来の姿では、ここに来る罪人たちに軽んじられてしまう恐れがあり、それを避け、彼らに恐怖と、それに続く悔恨の念を抱かせるため、御坐の前面に垂れ下がる御簾に偽りの姿を描いて、「閻魔大王とは真《まこと》に恐ろしい存在だ」というイメージを喧伝《けんでん》しているせいだった。

いわば、地獄のイメージ・キャンペーンの一環である。

だが、せっかくのイメージ作りも、時おり、本人の地が出て危うくなる時がある。

たとえば――。

「……あ～、ヒマ」

あくびついでにつぶやいた一言が御簾の外に漏《も》れ聞こえ、裁きがくだって立ち去りかけていた罪人の魂が、立ち止まって不思議そうにきょろきょろした。それを、鬼の形相《ぎょうそう》をした獄卒が慌てて引っ立てていく間に、閻魔の背後にいた側近の一人が鋭く諫《いさ》める。

「閻魔様！」

「悪い」

しなめた。

「わかっているけど、でも、ヒマなもんはヒマなんだから、仕方ないじゃん」

本音を漏らして反抗すると、キツネ目をした側近が、細い目をさらに細めてビシッとたしなめた。

「仕方なくないですよ、がまんなさい」

「がまんできない。ああ、ヒマヒマヒマヒマヒマヒマヒマヒマヒマ～」

頬《ほお》を引っ張ったり、口をダランとさげたり、目をつり上げたりしながら早口でまくして始めた閻魔から呆《あき》れ顔《がお》で視線をそらし、側近は手元の画面に目を落とす。金糸《きんし》で刺繍の施された深緑色の上衣に同系色の下衣を合わせた官吏服がよく似合い、官僚としての有能さを際立たせている。

どこか雅《みやび》な出《い》で立《た》ちの彼こそが、閻魔の右腕と呼ばれる冥官《みょうかん》「司命《しみょう》」であり、字を見て明らかなように、人の寿命に携わる事務を統括している。

それと、もう一人、司命と対をなす位置にいるのが「司録《しろく》」と呼ばれる冥官で、眼鏡《めがね》をかけた生まじめそうな顔を裏切らない、生まじめな男だった。紺色の刺繍が入った浅葱色《あさぎいろ》の上衣に白の下衣という比較的地味な冥官服をまとう司録は、二人のやり取りをよそに記録簿のチェックに余念がない。

そんな彼は、裁きの判断基準となる善悪の行いを調査する立場にあった。

冥府を訪れる死者の魂が辿《たど》る主な流れは、まず、死者の年齢とあらかじめ決まっている寿命を照合し、合致すれば善悪の計量に入るのだが、生前の行いについては、地獄ではなく、天部に報告されるため、裁きの際は、天部の文書課から取り寄せた記録を参考に判断されることになる。

つまり、寿命と生前の行いはまったく違う場所で管理されていて、その人物が死んだ時に初めて統合され、死者のプロフィールとして裁判官である閻魔のもとに送られてくる。

その記録簿こそが、現世でも時々耳にする「閻魔帳」と呼ばれるものであった。

そして、寿命と善悪の記録、それぞれの部署のトップに君臨するのが、閻魔の両翼を固める司命と司録であった。

「――次、笹原海斗《ささはらかいと》」

死者の名前が呼ばれ、次なる魂が進み出る。

地獄に送られてくるのは、基本、生前、罪を犯した者たちであるが、実は、れっきとした犯罪者でなくても、案外、小さな罪を重ねていたりするもので、その数は想像以上に多い。

過分なお釣りを返さなかったり、人が困っているのに見て見ぬふりをしたり、ストレス発散のために言わなくていいような悪口を言ってみたりするのもすべて、魂を計量する際には、しっかり罪とみなされるからだ。

ゆえに、善良に生きてきたつもりでも、いざ死んでみたら地獄行きとなる魂はたくさんあって、みんな、威容を誇る赤い楼門を通る際は混乱し、焦りと不安を覚える。

もっとも、その手の小さな罪は、同じように積み重ねた善行によって帳消しにされるため、ふだんから善行を心がけている人間はあっさり無罪放免になる場合がほとんどだ。万が一、罪のほうがわずかに多くても、その魂にゆかりのある生者が、現世でその人の成仏を祈ってくれたら、それで帳消しになる。「情けは、人のためならず」という格言は、まさに、地獄での裁きの際、誰もが痛感することであった。

進み出た男の顔を見た司命が「おや？」という表情になり、一度手元の画面を確認してから御坐のほうを向き、注意をうながすように呼びかけた。

「閻魔様」

「――ああ、わかっている」

それまでとは打って変わり、金色がかった琥珀色《こはくいろ》の瞳《ひとみ》をきらりと輝かせながら閻魔が答える。

「つい最近、見た顔だな」

司命が、手元の画面をスライドさせながら言う。昨今は、冥府もデータベース化が進み、今やこのタブレット型端末が欠かせないアイテムとなりつつあった。

「そうですね。やはり『再訪』のようです。ただ、理由はわかりません」

「なら、理由を知っている奴《やつ》に訊《き》こう。――すぐに、この魂を回収した獄卒を連れてこい」

間髪を容《い》れず、司命が声を張り上げる。

「聞こえたか。閻王《えんおう》様の御命令だ。誰でもいいから、この魂を回収した獄卒を、直ちにこれへ連れて参れ！」

とたん、数人の獄卒が、慌てふためいて散っていく。

しばらくすると、両側《りょうがわ》を同僚に囲まれた牛頭《ごず》の獄卒が入ってきた。その態度は、おどおどしていて、誠実さとは程遠い様子である。

「来たか」

「はい」

お白洲《しらす》に引き出された獄卒に、閻魔が問いかける。

「お前、なぜ呼ばれたかは、わかっているな？」

「――いえ。なにせ、急に呼び戻されたものですから、いったいなにがなんだか、さっぱり」

「それなら、誰か説明してやれ」

命を受け、司命の口から一通りの経緯が語られる。

その上で、司命が改めて詰問した。

「――ということで、説明してもらおうか。なぜ、生者の魂がここにいる？」

「ですから、それは」

　牛頭の獄卒が、冷や汗を流しながら野太い声で報告する。

「単純な取り違いでございます。ご覧のとおり、とても二十代には見えない体型と頭髪をしておりまして、片や、四十半ばとは思えない若々しさ。取り違えても、仕方ないと申せましょう」

「うん、取り違い、ね。それはわかっている」

　説明の間、手元の画面を指で叩《たた》いていた閻魔が、その手を止めて鋭く追及する。

「問題は、それが、二度目だということだ。すでに一度、お白洲で取り違いが判明し、現世に戻されたはずの魂が、なぜまだここにいるのか、それを説明しろと言っている」

「いや、それは、よくわかりませんが、ふつうに考えて、戻すべき肉体がないために戻せなかったからではないかと……」

「――戻すべき肉体がない？」

　繰り返した閻魔が、訊き返す。

「まさか、それって」

「はい。御推察のとおり、取り違いに気づいて戻そうとした時にはすでに遅く、肉体は火葬に付されていたという、まあ、ちょっと前まではよくあった話です」

「よくあったね」

その言いようにカチンときたらしい閻魔が、美しい顔のまま鋭く獄卒を睨《にら》み、冷え冷えとした声で告げる。

「たしかに多かったが、それではいかんということで管理を徹底したはずだな。生者の基本的人権の尊重だ。それになにより、今では冥府も電子化が進んで、その手の取り違いはほとんどなくなってきているはずなのに、なぜ、そんなことになったのか、納得のいく説明をしろ」

「あ～、いや」

閻魔の怒りの深さを察し、落ち着かない様子であちこちに視線をやった獄卒が、しどろもどろに弁明する。

「なぜと言われましても、まあ、このところ、なにかと忙しかったので、すぐには魂を戻しに行けなかったということですよ。過剰勤務です。なにせ、近年は『走無常《そうむじょう》』のなり手もなく、こちとら、年中《ねんじゅう》人手不足ですから」

「戻しに行けなかった……？」

たしかに、地上で災害が相次ぎ、冥府は全体的に忙しくしていたが、目の前の獄卒が十分な仕事をしたとは、とうてい思えない。

そのことを、閻魔が指摘する。

「それは、お前が怠惰だっただけじゃなく?」

「滅相《めっそう》もない」

一歩飛び退《の》いて応じた獄卒が、慌てて告げた。

「本当に忙しかったんです。信じてください」

懇願されるが、あまり信じられるものではなかった。なぜなら、下級官吏である獄卒の多くは、小悪党としての生を繰り返した挙げ句、人として現世に還魂される可能性が極めて低くなった劣悪な魂であるため、誠実さとは程遠い。

閻魔が、どうしようか迷っていると、獄卒が話題をそらすように「それより、閻王殿」と言い出した。

「問題は、これですよ。この魂をどういたしましょう?」

「どうって――」

閻魔が答える前に、獄卒が「幸い」と続けた。

「本来、死ぬべき運命にあった男は、いまだ集中治療室で幽明の境におりますゆえ、いにしえの例に倣い、その肉体にこの魂を入れ込み、未練たらたらで現世を離れようとしない魂を回収してくればよろしいのではないかと」

「ぜんぜんよろしくはないけど」

とても不満げに応じた閻魔が続ける。

「そうするより他に、仕方ない」

「そうです、そうです」

調子よくあおる相手を、再びじろりと睨み、閻魔が事の重大さを告げる。

「だが、いいか。お前は簡単に言ってくれたが、今後、違う人間として生きなければならない魂の身にもなってみろ」

「はあ」

「納得させるためには、いつかやってくる本来の死において、受けるべき罰の軽減を提示するしかなく、さらに、こういったケースが面倒なのは、この失態を天部に報告し、この男の今後を監視していく必要が出てくることなんだ」

すると、寝耳に水であったらしい牛頭の獄卒が、「え？」とびっくりしたように反り返った。

「天部に、このことを報告するんですか？」

「そうだよ。生者の人生を軽んじないためということで、近年、天部とそういう取り決めがなされたからな。――ああ、当然、お前にはペナルティが科せられる。持ち場も、おそらく下層域へと移されるだろう。追って、沙汰《さた》があるまで謹慎していろ」

「……そんな」

どうやら、そこまで重大な過失とは思っていなかったらしい牛頭の獄卒が、真っ青になって懇願した。

「閻王殿。どうぞ、下層域への異動だけは、ご勘弁を。今後、このような失態を犯さないよう精進いたしますから」

「残念だが、それでは、他に示しがつかない」

冷たく突き放した閻魔が人差し指をあげると、背後に控えていた司命が、心得たように進み出る。

ハッとした獄卒が構えの姿勢を取って、抵抗の意を示した。

「寄るな、司命！」

「バカなことを考えるな。おとなしく命に従え！」

「なにを、偉そうに」

憎々しげに言ったが、暴れたところで取り押さえられるのは目に見えているので、すぐに観念したように肩を落とし、閻魔に向かって告げた。

「では、せめて、今回の魂の入れ替えについてだけは、それがしにお任せ願いたいのですが」

「却下」

無情にも、閻魔は突き放した。

「悪いが、魂の入れ替えには別の者をやる。言ったように、お前は、処分が決定するまで謹慎していろ」

「閻王殿！」

焦った様子で食い下がろうとする牛頭の獄卒を、司命が遮った。

「しつこい。命はくだされたんだ。とっとと消え失《う》せろ。――いや、それより、誰か、この者を連れていけ」

その命に従い、数名の獄卒がわらわらと周囲を取り囲み、引っ立てていく。

それを尻目《しりめ》に、閻魔がもう一人の側近に向かって言う。

「司録。すぐに篁《たかむら》を呼び寄せろ」

「野相公《やしょうこう》殿を、ですか？」

「ああ。この手の複雑な案件には、機転の利くあの男が最適だろう」

「それは否定しませんが、あいにく、野相公殿は、こちらの要請で、現在は九州のほうに出張しております」

「――九州？」

繰り返した閻魔が、すぐに合点してうなずく。

「そうか。そうだった。すっかり忘れていたけど、あっちはあっちで、ややこしいんだったな」

「はい」

「でも、だとしたら、どうすりゃいいんだ？」

「他に適任者は……」とつぶやきながら周囲を見まわした閻魔が、小さく溜《た》め息《いき》をついて肩をすくめる。

世の道理であるが、優秀な者は忙しく、ヒマな者は無能だ。

「そうか。正直、あの獄卒の言い分は、幾ばくかの真実をついていたってことになる。少なくとも、冥界が万年人手不足なのは、間違いない」

「御意」

「こうなったら、『走無常』でもいいから、手が空いているのは？」

「いません」

「いない？」

「いません。みな、手一杯です」

「そうか。……う〜ん」

悩ましげにうなった閻魔が、そこでなにを思いついたか、「──あ、いや、待てよ」と言って、ポンと自分の腿《もも》を叩いた。

「いるな、『走無常』にするのにうってつけの奴が」

「『走無常』にですか？」

「走無常」というのは、生きている人間の魂を、その人物が寝ている間だけ、地獄の使者として使うことを言い、通常「夢」を介在させて成立する術だった。

「うん」

明るく応じた閻魔がバサッと扇を開き、それで自分を扇《あお》ぎながら楽しそうに続ける。

「ちょうどいいや。篁の代わりに、しばらくあいつをこき使ってやろう」

## 2

その夜。

西早稲田《にしわせだ》にある木造の小さなアパートで、結人はぐっすり寝込んでいた。

試験勉強をしようと本を開いたところまではよかったのだが、数ページも読まないうちに眠くなってしまったため、すぐに諦《あきら》めて寝てしまったのだ。眠い時にやるより、すっきりした頭で勉強したほうが、きっと成果があがる。

そんな言い訳が効いたのか、なんの罪悪感もなく、すやすやと安らかな眠りに落ちていた。

と——。

そんな結人を、呼ぶ声があった。

ゆいと……。

いいいいいい、たまよばいの、ゆいと……。

起きろ、あそびべみならい。

「う……ん」

うめきながら寝返りを打った結人に対し、呼び声はさらに続く。


なからいゆいと……。

「魂呼《たまよ》ばい」の遊部《あそびべ》。

半井《なからい》結人ってば、起きろよ、起きろって……。


だが、呼びかけても呼びかけてもいっこうに反応のない結人にしびれを切らしたように、ふいにその場に現れた人物が、布団の上から結人を蹴《け》り上げて呼んだ。

「おい、いい加減起きろ、寝坊助《ねぼすけ》」

声も、さっきよりはっきりと聞こえるようになり、さすがの結人も飛び起きる。

「――え、なに？」

「なにじゃない。――まったく、どんだけ呼べば、応《こた》えるんだ」

だが、まだ状況を把握できずにいる結人が、布団の上で半身を起こした状態で言い返す。

「え、え、わからない。なにが起きたんだ、君誰、ここどこ？」

「順番に答えると、呼んだ、俺が、お前の夢で」

「呼んだ、君が、僕の夢で……」

人称を入れ替えて繰り返した結人が、もっとも理解できなかった言葉をもう一度繰り返す。

「僕の夢……？」

そこで、ようやく意識がはっきりしてきた結人が、まずは目の前にいる人物を見てびっくりする。

「あれ、君」

そこにいたのは、一度だけ会ったことがあり、一度でも会ったら絶対に忘れることなどできないくらい印象的な少年だった。

なにより、この美貌《びぼう》——。

「閻魔様？」

「そう、俺様だ」

「なんで、いるんですか？」

「お前を呼びに来たからだよ。さっきから、そう言っているだろう」

そこで、少し考えてから結人がうなずく。

「そうですね」

「わかったか？」

「少し」

答えた結人が、そこで、最初に疑問に思ったことを訊く。

「でも、これ、僕の夢なんですよね？」

「そう」

「それにしては、閻魔様の存在がリアルなんですけど」

「リアルだからな」

矛盾する説明を受け、結人が混乱する。

「え、でも、夢なんですよね？」

「ああ、見てのとおり」

そう言いながら閻魔が背後を示したので、つられて振り返った結人が、次の瞬間、

「ぎゃっ」と喚《わめ》いて布団を転がり出た。

なにに驚いたのかといえば、布団の上で半身を起こしていた結人の背後には、いまだ布団の上に横たわったままでいる結人の上半身があったからだ。

つまり、下半身はそのままに、起きあがった部分だけが二つに分かれている、言ってみれば、時々テレビなどでお笑い芸人などが披露している「幽体離脱～」という状態の本物バージョンということだ。

そして、転がり出たことで、結人は完全に身体《からだ》から離れた。

布団の上にあるのが肉体だとすれば、魂なのか幽体なのかはわからないが、それがそっくり分離してしまったということである。

「わあああ」

驚き慌てる結人をおもしろそうに眺めていた閻魔が、「だから」と説得する。

「夢だと思えばいいだろう。夢なら、どんなバカげたことでも起こり得るんだから」

「でも」

布団に横たわる自分の姿を見つめながら、結人が反論する。

「とても、夢とは思えない」

「まあ、夢じゃないからな」

「やっぱり、夢じゃないんだ」

「だから、夢と思えばいいだろう」

無益な押し問答に終止符を打つべく、閻魔が「どっちでも、俺はいいから」と告げた。

「そろそろ現状を受け入れて、話を聞け」

「現状……」

結人が、もう一度自分の肉体を眺め、幽体となっている自分の身体を奇妙そうに動かしてから、溜め息をついて応じる。

「わかりました。受け入れてみることにします」

もともと、心霊現象めいたものには、理解がある。ただ、最近身の回りで起きることについては、さすがに限度を超えている気がしないでもなかったが、ひとまず受け入れる以外になさそうだと判断した。

その点、結人の許容量は大きいといえよう。

「よし」

美しい顔でうなずいた閻魔が、結人に手を差し伸べて助け起こしながら言う。

「実は、今、冥界は仕事が多くて大変なんだ」

「大変なのに、こんなところに来ていていいんですか？」

至極まともなことを訊いたつもりであったが、閻魔は顔をしかめて結人を見返した。

「理屈っぽいところは、篁とそっくりだな」

「へえ。嬉《うれ》しいかも」

篁のことを尊敬している結人は、「そっくり」と言われることに抵抗はなかったが、嫌味のつもりだった閻魔は、拍子抜けしたように顎《あご》を突き出した。

「なんでもいいが、俺は、遊びに来たわけではなく、人手が欲しくて、みずからスカウトに来たんだよ」

「スカウトって、冥府で働けってことですか？」

「ぶっちゃけ、そう」

あっさり認めた閻魔が、「なんといっても」と続けた。

「こういう時に使い勝手がいい篁は、現在、別件で九州に行っていて使えないから、代わりに、弟子のお前に働いてもらおうと思って来たわけさ」

「働くって」

意表をつかれた結人が、自分の鼻の頭を指さして確認する。

「僕が、地獄で？」

「いや」

「違うんですか？」

「ああ。お前に頼みたいのは、魂の回収のほうだ。つまり、地上勤務」

「回収って……」

その言葉の意味を考えた結人が、おそるおそる訊き返す。

「まさか、そのへんにはびこっている浮遊霊とか地縛霊を除霊して地獄に送れとか、無茶なことを言ってませんよね？」

「言っているつもりだが、なにか文句でも？」

「……いや、文句というより、それは、ぜんぜん気が乗らないっていうか」

正直、幽霊なんかと、進んでお近づきになりたくない。

だが、尻込みする結人に、閻魔は意外なことを言った。

「お前さ、この前、篁に、死者を見分ける方法について訊いていただろう」

「あ、はい。訊きました」

よく知っているなと感心しつつ、結人が続ける。

「前から、どうしたら死者を死者として認識できるのかと不思議に思っていたから」

「なら、ちょうどいい。魂の回収を手伝っているうちに、それが死者のものかどうかなんて自然と区別がつくようになる。要は、慣れだからな」

「慣れ……」

「そうだ。いい考えだろう。お前は死者の魂を見分けられるようになって、こっちは人手不足が解消できる。――これぞ、まさに『一石二鳥』だ」

「たしかに」

なんとなく、調子よく丸め込まれている気がしないでもなかったが、篁のいない間、彼の代わりを務めることは、篁のためになる気がした結人は、しばし迷った末に「わかりました」と応じる。

「僕でよければ、お手伝いしますよ」

「よっしゃ」

閻魔がガッツポーズを決め、「手始めに」と告げた。

「あっちに肉体を失って行き場のなくなっている魂があるので、それをこっちにある別の肉体に押し込めて、さらに、こっちで迷子になってさまよっている死者の魂を捕まえに行くぞ」

「え、なんか、それ、やけにややっこしくありません？」

「そうだけど、パズルでもやっているつもりになれば、なんてことないさ」

「パズル？」

いまひとつピンとこなかった結人であったが、ひとまず、閻魔とともに夜の世界に飛び出した。

## 3

赤い柱や欄干を持つ美しい楼閣。

建物の中央には蓮《はす》の咲いた大きな池があり、天井から糸のような水が滝となって流れ落ちている。池のまわりには色とりどりの花が咲き乱れ、秋だというのに、青々とした枝が水面に緑の影を落とす。

この世の楽園――。

地獄の一丁目に建つ冥府の庁舎の内部は、そこが地獄であるとはとうてい思えないほど、かくも優美で雅だった。

一度、足を踏み入れたことのある結人であったが、改めて見ても感動する。

ただ、もちろん、裁きを受けるためにここへやってくる死者の魂は、庁舎の内部に入ることはなく、みな、入り口の大きな楼門をくぐり、お白洲のある広間のほうへと導かれるだけである。

景色に見とれながら結人が閻魔のうしろを歩いていると、前方から「いらしたぞ」と言う声とともにバタバタと足音がして数名の冥官が姿を現した。

「閻王様」

「閻王殿、捜しましたぞ」

口々に言う中、緑色の冥官服を着たキツネ目の司命が進み出て、「閻魔様」と言いながらチラッと結人に視線を流した。

「突然、いなくなられたので、驚きましたよ」

「悪い」

「もしや、その者を迎えに行かれたのでございますか？」

「うん。こいつってば、いくら呼びかけても、うんでもすんでもないから、イライラして叩き起こしに行ってやったんだ。――でも、その甲斐《かい》あって、手伝ってくれることになったから、例の件をやらせることにした」

「例の件とは、例の件で？」

どこか賛同しかねるように応じた司命に「ああ」と短く応じた閻魔が、司命の背後にいる獄卒に、直接声をかける。

「ということで、お前、あの生者の魂を連れてこい」

その間、そばにいた司録と視線をかわした司命が、「しかし」と懸念を示す。

「恐れながら、野相公ならともかく、そんな右も左もわからないような人間に、あれほど複雑な件を任せるのは、どうかと――」

「わかっている」

連れてこられた生者の魂のほうを見ながら、「だから」と閻魔が楽しそうに言う。

「俺も手伝うことにした」

「王みずから――？」

驚いた司命と司録が、再び視線をかわし、司録が慌てて反対した。

「それは、いかがかと思います、閻王様。それでなくても、日々、死者の魂は膨れあがっているのに、ここでお白洲の場を休廷にするのは――」

だが、閻魔には考えがあったようで、相手の言葉を遮る形で応じる。

「誰が、休廷にすると言った？」

「え？」

戸惑ったように眼鏡を押し上げた司録が、「でも、今」と言う。

「この者を手伝うと」

「ああ、言った。とてもではないが、一人では任せられないからな」

「それなら」

「だからさ、ついでに、アレも試してみようと考えている」

「――『アレ』？」

繰り返した司録が、ピンとこなかった様子でさらに訊く。

「『アレ』とおっしゃいますと？」

それに対し、閻魔が答えるより早く、キツネ目を細めた司命が「もしや」となにか思い当たったように声をあげた。

「閻魔様、アレを試されるおつもりですか？」

「そう」

「本当に？」

「うん」

二人の間で「アレ」のまま話が進むことにしびれを切らした司録が、もう一度、今度は少し声を大にして質問を繰り返す。

「ですから、『アレ』とおっしゃるのは、なんでしょう？」

閻魔が、司録を見て告げる。

「だから、アレだよ。遠隔裁判」

「遠隔裁判⁉」

驚いたように眼鏡の奥の瞳を見開いた司録が、「まさか」と応じて、ついでに代名詞を使う仲間入りをする。

「アレを試してみられるおつもりで？」

「うん、さっきからそう言っているだろう」

呆れたように言った閻魔が、続ける。

「どうせ、ほとんどの裁きは、お前たち二人でも、十分できるんだ。かねてから導入を考えていたネット通信を使った遠隔操作で、俺は地上から裁判を見守ることにする。——異存はないな？」

「——」

けっして異存がないわけではなかったが、そうかといってどう反対していいか、とっさに思いつかなかった司命と司録が、なんとも言い難《がた》そうな視線をかわし、さらにそばで様子をうかがっている結人に視線を流したあと、しぶしぶであったが了承する。

「御意」

「御意」

ただ、そのあとで、司命がかろうじて付け足した。

「もっとも、今回は例外的措置ということで、今後のことは、また改めて相談いたしましょう。——よろしいですね、閻魔様？」

「……わかった」

どこかつまらなそうに返事をした閻魔の言葉でその場は締めくくられ、彼らは、それぞれの仕事をするために歩き出した。

# 4

都内にある救急搬送病院の集中治療室に入っていた田沼真一《たぬましんいち》がふいに目覚めたのは、その日の真夜中過ぎのことだった。

まさかの出来事に病院内は一時慌ただしくなったが、一般病棟に移された今は落ち着きを取り戻し、静けさのうちにある。病室には、報《しら》せを受けて駆け付けた家族と現在交際中の女性がいて、みな、彼の生還を喜んでいた。

ただ、本人だけは、どこか戸惑いを隠せない様子で、一人、一人、顔をたしかめるようにじっと見つめている。

離れた場所で、その光景を眺めていた結人が、かたわらに立つ閻魔に視線を移して言った。幽体であるため、彼らのことはまわりの人間には見えていないはずだが、たとえそうであっても、刺繍の美しいアオザイ風の衣装を身に着けている閻魔に対し、パジャマ代わりの、スウェットパンツに長袖《ながそで》Tシャツという格好でいる結人は、少々肩身が狭い。

「……なんか、納得がいきませんけど」

「なにが？」

「だって、あの人、肉体は田沼真一でも魂は違いますよね、えっと、なんだっけ」

とっさに考え込んだ結人に、閻魔が告げる。

「笹原海斗。二十七歳。独身。肥満気味で髪も後退しつつあって、見た目はどう見積もっても中年だな。生活は、極めて地味。地下アイドルを応援するのに、中小企業の営業で稼いだ給料をほとんどつぎ込んでいた。それが、今、四十五歳にしてバツイチの独身貴族に生まれ変わった。田沼真一は、大手製薬会社の管理職で、研究所勤務。週三回はジムに通い、今年で四十五歳になったにもかかわらず、外見は三十代。この二人が交差点で事故を起こし、片や死亡、片や骨折その他の軽傷。本来、田沼真一は、この事故で死ぬはずだったが、せっかく生き残った笹原海斗の魂が、間違って地獄に送られている間に、肉体のほうが火葬されてしまったため、急きょ、瀕死《ひんし》の状態にあった田沼真一の肉体を利用することになったのだから、仕方ない。田沼真一として生きていってもらう」

そこまで、立て板に水のごとく話していた閻魔が「まあ」と皮肉げな口調で締めくくる。

「この二人の共通点は、独身ってことくらいだが」

「ですよね。なのに、これから、笹原海斗は慣れない田沼真一として生きていかなくてはならないんですよね」

「そうだ。さっきから、そう言っているだろう」

「そんな、簡単に言いますけど、本当にこれでいいんですか？」

結人に痛いところをつかれ、眉間《みけん》にしわを寄せた閻魔が、しぶしぶ答える。

「当然、いいわけがない」

「それなら――」

言い募ろうとする結人を片手で押《お》し留《とど》め、閻魔が「だが」と改めて説明する。

「こちらの失態とはいえ、魂が抜け出ている間に肉体が火葬されてしまった今、これがベストの選択だと思っている」

「本当に、ベストですかねえ」

猜疑心《さいぎしん》丸出しの結人に対し、閻魔が言い切る。

「ベストだ。だって、いいか。どうあがいたところで、笹原海斗の魂をもとの肉体に戻すことはできないが、寿命はある程度まで決まっているから、まだ三十年以上寿命の残されている彼を裁きにかけるわけにもいかない。――となると、このまま浮遊霊になるのを放っておくか、でなければ、空いている肉体に押し込めて、その人間として生きてもらうしかないわけで、浮遊霊として残りの時間を空《むな》しく過ごすくらいなら、別人となって違う人生を生きるのも悪くないだろう」

「違う人生……」

「幸い、新たな肉体は、生まれつき、それなりに恵まれているので、案外、居心地がいいかもしれないし、なにより、笹原海斗も納得済みだ」

「そうなんですか?」

納得済みというのは意外であったし、理解はできたが、やはりどこか合点のいかない結人が言い返す。

「でも、『三つ子の魂、百まで』というくらいで、その人の本質は、外見が変わっても、あまり変わらないわけですよね?」

「たしかにそう言われてきたが、正直、その人間の人生を左右するのが魂か肉体かは、微妙なところだと俺は思っている」

結人が、驚いたように訊き返す。

「本当に?」

「ああ。だいたい、そうでないと、一つの魂は、何度転生しても、同じ人生を歩むことになるだろう。もちろん、新たな生を受ける前に、魂は徹底的に洗浄されてクリアーな状態になるわけだが、それでも、引きずる業《カルマ》がある」

「業《カルマ》……」

よく聞く単語であるが、それについて、あまり深く考えたことのなかった結人は、新鮮な気持ちでつぶやいていた。

「業《カルマ》か。……業《カルマ》ねえ」

そんな結人をよそに、閻魔が「そして」と続ける。

「今世での人間の使命の一つは、新たな肉体を通じて、魂が引きずっているその業《カルマ》を断ち切ることであり、それを断ち切れた時こそ、人は、今世での人生を謳歌《おうか》できるようになるわけだ」

「へえ」

それこそ魂の奥底から感心し、結人が言う。

「そんなこと、考えたこともありませんでした」

「なら、これを機に、よく考えてみることだな」

閻魔に勧められ、結人が少し考えてから訊く。

「でも、それなら、僕も、魂が引きずっている業《カルマ》があるってことですよね？」

「さあ」

「よく考えてみることだな」などと言ったわりに、チラッと結人を眺めやった閻魔は、素《そ》っ気《け》なく答えた。

「知らないが、お前みたいに能天気そうな人間に、必死で断ち切るべき業《カルマ》があるとはとうてい思えない」

「能天気そう……？」

それが褒め言葉には聞こえなかった結人が顔をしかめる横で、閻魔がさらに言う。

「たまにいるんだよな。こんな風に、魂がつるんとしている奴」

「魂がつるんって……」

石鹸《せっけん》みたいに言われてしまい、結人が肩を落とす。

「なんか、バカにされた気がする」

「失礼な。俺は、人をバカにしたりしないぞ。——ただ、オメデタそうに見えると、正直な感想を述べたまでだ」

そこまで言えば、もはや悪口だとげんなりする結人を、閻魔が「そもそも」とせっついた。

「お前がグチグチつまらないことを言うからそんな話になるのであって、こんなやり取りをしているヒマがあったら、とっとと次の仕事を終わらせるぞ。——まだ、やることはあるんだ」

「そうなんですか？」

「当たり前だろう」

言うなり、軽やかに身を翻した地獄の王者のあとに従い、結人は病院をあとにした。

# 5

（おかしい……）

男は、歩きながら少し焦っていた。

（なぜ、辿り着かないのだろう）

いつもどおり、駐車場に車を停《と》め、歩いてきたはずなのに、いっこうに目的地に辿り着けない。

それに、なにか変である。

街の様子も。

彼自身も。

すべてが曖昧《あいまい》で、雲をつかむように漠然としている。

（車を降りて、どれくらい経《た》つっけ？）

それに、なぜ、彼は手ぶらなのか。

そう、手ぶらだ。

（まずい。車にバッグを置き忘れてきた）

立ち止まり、自分の手を見おろした彼は、途方に暮れて思う。

（いったい、俺はどうしちまったんだ？）

これだと、一度戻ってボストンバッグを取ってこないと、その中にスポーツジムで使う衣類一式が入っているのだ。もちろん、借りることもできるが、お財布もなにもすべてそのバッグに入っているので、どちらにしろ、取りに戻る必要がある。

（やはり、俺も年か）

今年から、四捨五入すると「アラフォー」は卒業だ。

健康診断で数値が悪かったのをきっかけに、十年前からジム通いを始め、今ではすっかりはまってしまっている。おかげで、見た目は若々しく、新入社員は、こぞって彼を三十代くらいに見積もってくれるらしい。

そんな自分を誇らしく思っていたし、実際、生き生きとした日々を過ごしていた。

今日も、会社帰りにジムに行こうと車に乗った。大手製薬会社の研究所に勤務しているため、通勤には車を使っている。

運転は、お手のものだ。

健康診断で引っかかった三十代は、車が好き過ぎて、目の前のコンビニに行くにも車を使っていたくらいだったが、それだと健康に悪いとわかったため、近年は、歩くようにしている。

歩くのも悪くない。

散歩は好きだ。

でも、目的地がないのは、いただけない。

(それで、俺は、どこに行くつもりだったっけ?)

歩き出そうとした男は、ああ、そうだ、ジムに行くんだったと思い出し、方向転換しようとした、その時である。

「……あの」

誰かに声をかけられ、振り向くと、そこに一人の青年が立っていた。

まだ若い。

明らかに、大学生だ。

制服を着ていたら、高校生にも見えるだろう。

茶色がかったほわほわした髪が、男にしては可愛《かわい》らしい顔つきをより柔らかなものにしている。だが、「草食系」と呼ばれる昨今の青年たちのようななよなよした感じはなく、やんちゃな少年がちょっとおとなびたような雰囲気を持っている。

男が答える。

「なにか?」

だが、自分から声をかけてきたわりに、青年はどこか戸惑いがちに「……えっと」と言葉を選んでいる。

まさか、新手《あらて》のナンパか。

でなければ、なにかの勧誘だろうか。

男が訝《いぶか》しげに見おろしていると、青年が思い切った様子で言う。

「もしかして、道に迷っているのではないかと思って」

男は、驚いた。

青年に対してではなく、その瞬間、まさに、自分が道に迷っていることに気づいたからだ。

ジムに向かっていたのに、いつまでも辿り着けない。

それだけでなく、バッグもなにも持っていないし、実は、さっきから、どこに車を停めたのかさえ、よく思い出せないでいるのだ。

「……いや、あの」

否定したいのに、否定できない。

いったい、己の身になにが起きているのか。

自分自身に不信感を抱き始めた男は、さまざまなことを自覚すると同時に、とてつもない恐怖に襲われた。

自分が自分でなくなるような——。

すると、男の様子を見て取った相手が、両手をあげてなだめてくれる。

「大丈夫です。すぐに、道はわかるようになりますから。――ただ」

そこで、ちょっと言い難《にく》そうに再び言葉を選んだ青年が、ふいにそれまでとはまったく違う、聖母のような慈愛を浮かべて告げた。

「そのためには、貴方《あなた》が囚《とら》われてしまっている未練を断ち切る必要があるんです」

「……未練？」

いったい、なにを言っているのか。

男の中に、青年への警戒心が湧《わ》き起こったが、相手は気にした素振りもなく誘う。

「よかったら、歩きながらゆっくり話しませんか？　僕でよければ、お話をお聞きしますけど」

やはり、なにかの勧誘だ。

やめておいたほうがいい。

男は思うが、なぜか、青年と一緒に歩き出していた。

なにより、彼はもう、自分がどこに向かおうとしていたのかも朧《おぼろ》になっていて、今、この青年のあとについていかなければ、完全にすべてを見失ってしまいそうな恐怖があったからだ。

「ジムに行こうとなさっていたんですよね？」

青年に言われ、男は答える。

「そうなんだけど、話したっけ？」

「……ええ、まあ」

曖昧に答えた相手が、「それなら」と続ける。

「途中で、なにか変わったことはありませんでしたか？」

「別に、なかったと思うけど」

「たとえば、スマホに連絡があったとか――」

「ああ！」

思い当たる節のあった男が、認めると同時に、ギクリとした様子でまわりの景色を眺めやる。

男と青年は、男がよく通る交差点の近くに来ていたが、その光景を見た瞬間、彼の中に得も言われぬ恐ろしさが湧き起こったからだ。

(近づいてはいけない)

(近づいたら、なにかが永遠に失われてしまう)

とっさに逃げ出しそうになったが、彼が方向転換したところに、それまで一緒だった青年とは違う人物が立っていた。

絶世の美少年だ。

彼と目が合うと、美少年はやけに威厳のある声で言い放つ。

「逃げるな、田沼真一。己の身に起こった事実を受け止めるんだ。事実を受け止めて初めて、進む道も見えてくる」

子どものくせに、なんとも高飛車な言い方である。

それなのに、頭にくるどころか、ずしりと彼の中に重石《おもし》となってのしかかり、彼をこの場に留めた。

逃げ出したい気持ちと、すべてを受け入れて楽になりたいという願い――。

だが、彼は、なにを受け入れればいいのか。

考えていると、ふいに交差点のほうで大きなクラクションが響き、次の瞬間、右折しようとした車に、直通してきた車が突っ込んだ。

大きな事故だ。

そして、その光景を見たとたん、彼はすべてを思い出す。

スマートフォンに入った恋人からの連絡。

一瞬、そちらに気がそれた隙《すき》に、右折車が前をよぎっていた。

正面を見ていれば、確実に避けられたはずが、目をあげた時にはもう、すぐ目の前に迫っていて、防ぎようがなかった。

（もしかして――）

男は、思う。

（俺は、死んだのか？）

煙をあげる事故車両。

わらわらと寄ってくる通行人たち。

中には、ここぞとばかりにスマートフォンを取り出し、撮影し始める者もいる。彼らにとって、そこにある人生などどうでもよく、ただ、自己満足を満たすフォロワー数だけが現実なのだろう。

おそらく、逆の立場なら、自分もそうだったはずだ。

昔は、そんなでもなかったのに、近年は、そこに記される数字にばかり気がいくようになっていた。

そんなもの、ちょっと離れて眺めたら、なんの意味もないものなのに――。

男が、ここまで彼を導いてきた青年を見て、問いかける。

「なあ、俺、この事故で死んだのか？」

青年は、すっきりと身綺麗《みぎれい》な姿のまま、静かにうなずいた。

すると、なぜだかわからないが、急に、彼の中にあったモヤモヤしたものが、きれいに流れ去るのを感じた。

それが、現世への執着であると気づかないまま、男は青年に訊いていた。

「それで、俺は、このあとどうなる？」

それに対し、青年が腕をあげ、ある方向を指し示す。

見れば、そこに、今までなかった一つの道が開けているではないか。

都会にあるとは思えない、道の先に靄《もや》がかかる怪しげな道であったが、彼はなぜか迷うことなく、その道へ一歩を踏み出した。

そんな彼を、青年が呼び止める。

「――あ、待ってください」

振り返った彼に追いついてきた青年が、彼の手を取り、両手で包み込むようにしてなにかを握らせた。

「これが、必要になるはずだから……」

青年が渡してくれたのは、二枚の硬貨だった。こんなものがなんの役に立つかとも思ったが、「三途《さんず》の川《かわ》の渡し賃」という言葉もあるくらいなので、もしかしたら、本当に役に立つのかもしれない。

青年を見あげた男が、問いかける。

「そういえば、君、名前は？」

「半井結人です」

「そう、半井君。――ありがとう。この恩は一生忘れない。もっとも、その一生ももう終わるようだけどね」

男は礼を述べると、今度こそ、冥途《めいど》へと続く道を歩き始めた。

# 6

同じ日の夜。

従兄妹《いとこ》の真明《まひろ》が、結人の部屋にやってきた。しかも、真夜中であるにもかかわらず、ドンドンと部屋のドアをノックする。

「結人、いるんでしょう」

ドンドンドン。

「結人。緊急事態よ。あけて」

ドンドンドン。

「アキが大変なの」

ドンドンドン。

「聞こえている？」

ドンドン。

「メールにも返信しないで、なにやってんのよ。もう」

ドンドンドンドンドンドン。

「寝てるの？　なら、起きなさい、アキが大変なことになっているって、言っているでしょう」

ドンドンドンドン。

するると、結人の部屋ではなく隣の部屋のドアが開き、住人が顔を覗《のぞ》かせた。ひょろりとした学生らしき男性は、真明の姿を見て気圧《けお》されたのか、ドアをあけた時の調子よりいささか弱い口調で文句を言う。

「……あの、うるさいんですけど」

「あら、ごめんなさい。でも、これくらいうるさくしないと、起きないのよ、この子」

言うなり、再び、ドンドンドンとノックし始める。

「ほら～。怒られたじゃない。結人のせいよ。結人が起きてくれないから、私が怒られちゃうの。だから、とっとと起きて」

ドンドンドンドン。

それでも、部屋の扉は開かれず、見かねた隣人が「もしかしたら」と、当たり前の推測をする。

「留守なんじゃあ……」

「まさか。いるわよ。もうすぐ試験だし、うちかアキのところ以外に、この子が泊まりに行くような場所はないはずだから」

「でも、さすがに、この物音なら起きるでしょう」

暗に近所迷惑であることを仄《ほの》めかすが、察するほど真明は殊勝ではない。

「い～え、その考えは甘いわ」

隣人にしてみればどうでもいいことであったが、真明はこんこんと諭す。

「いい？　結人が一回寝てしまうと、起こすのにどれだけ苦労するか。どうしたら、あれほど太平楽に眠りこけられるのか、常々謎《なぞ》だったくらいよ」

「……はあ」

その間も、ノックの音はやまない。

ドンドンドンドン。

ドンドンドンドン。

その態度から、どうあっても、結人が顔を出すまでノックをやめる気がないとわかった隣人が、溜め息混じりに提案する。

「それなら、下の階に大家さんが住んでいるので、合《あ》い鍵《かぎ》を使ってあけてもらったらどうですか？　それで、中に入って待っているなり起こすなり、すればいいでしょう」

「——合い鍵？」

その瞬間、パッと閃《ひらめ》いたらしい真明が、「そうだった、そうだった」と手で鞄《かばん》の中身を探る。

「合い鍵ね。すっかり忘れていたけど、私、この部屋の合い鍵を持っているんだった。貴方が言うとおり、これで、あけたらいいのよね」

あるなら、初めからそうすればいいのに、迷惑千万なこと、この上ない。

だが、実は真明も、それくらい気が動転していたのだ。

なにせ、明彦《あきひこ》がいなくなってしまったのだから――。

家出というわけでもなく、旅行というわけでもない。女性の家に泊まりに行っているわけでもなさそうなのは、知っている限りの女友だちにあたってわかっている。

部屋の中も、飲みかけのグラスが置いてあるなど、ただ、フッと外に出て、そのままいなくなってしまった感じが強い。

こんなことは、初めてだ。

遊び人であることは間違いないが、その遊び方は、案外堅実で、危険なものにはいっさい手を出さない。

冒険心が旺盛《おうせい》なのは、むしろ女である真明のほうで、明彦は、無難な範囲で最大限優雅に遊ぶことに長《た》けていた。

だから、女性と性的関係は持っても、そのまま泊まりこむこともほとんどない。

そんな明彦が、真明になんの連絡もせず、姿を消してしまった。

まるで、煙のように消えたのだ。

残された唯一の希望が、二人の従兄弟《いとこ》である結人で、明彦は、誰よりも結人を信頼し、自分の懐深くまで踏み込ませている。

そんな結人であれば、明彦の行き先にも心当たりがあるのではないかと思って、真夜中という時間帯であるにもかかわらずやってきたのだが、鍵をあけ、部屋の中に入った真明は、そこで、さらなる衝撃に見舞われた。

結人は、そこにいた。

布団の上に横たわり、真明の呼びかけに応えることなく静かに目を閉じている。

「結人、起きて、結人！」

布団のかたわらに滑り込むように座って結人の身体を揺さぶった真明は、ふと違和感を覚えて手を止めた。

なにかが、おかしい。

なにがおかしいのかわからないまま、試すように結人の身体を揺らす。

結人の身体が、それに合わせて揺れる。

だが、いっこうに目を覚まさず、結人は死んだように眠ったままだ。

死んだように――。

（――死？）

そこで、ハッとして結人の身体から手を放した真明が、恐ろしいものにでも触ってしまったかのように、目を見開いて結人のことを見おろした。

「え。――結人、死んじゃったの？」

それは、にわかには受け入れ難いことであったが、事実、死んだように動かない結人に生気というものはまったく感じられず、呼吸もしていないようだった。

「やだ、嘘《うそ》でしょう⁉」

自分が直面している事実が信じられず、「……どうしよう」とつぶやきながらしばらく呆然《ぼうぜん》としていた真明は、ふいに思い立ち、何度も落としそうになりながら鞄からスマートフォンを引っ張り出すと、誰もが知っている救急の番号に連絡した。

電話は、ものの数秒で繋《つな》がる。

なのに、ものすごく長く待たされた気がした。

『――はい、こちら救急です。ケガ人ですか？　病人ですか？』

「え……」

選択肢を与えられたが、どちらにも当てはまる気のしなかった真明は、混乱状態にあるまま、とっさに告げていた。

「死人です。結人が死んでいるの。――どうしたらいい？」

# 7

田沼真一の魂を無事冥界に送ったあと、ついでだからと言って、閻魔は、近くにいる浮遊霊も送ってしまおうと、結人を次の現場に連れていった。

なかなか、人使いが荒いお人のようである。

しかも、結人が死者の魂と話している間、彼はゲームでもしているのか、タブレット型端末に向かって、「恩赦」だの、「最下層だ、バカモノ」などと喚いたりしていて、こちらのことは、ほとんど結人に任せっ放しだった。

（なんかなあ……）

結人は、なんとか冥界への道を見つけ、ようやくふらふらと歩き出した死者の魂を見送ったあとで、夜目にも麗しい閻魔の姿を眺めて、思う。

（篁さんが、あんな風に穏やかな性格になったのって、この人との付き合いが長いせいじゃなかろうか）

と――。

こちらの心の声を読み取ったわけではないだろうが、タブレット型端末をどこかにしまった閻魔が――その際、結人には空間に消えたようにしか見えなかったが――、結人のほうを見て訊く。

「終わったのか？」

「終わりました」

「なら、今夜の仕事は終了。ご苦労だったな」

「……はあ」

本当だよと、結人は内心でひっそり思う。

あたりは、まだ真っ暗だ。

秋の夜長というくらいで、夜はもうしばらく続きそうである。

正直、長かったのか、短かったのかわからない時間感覚であったが、とにかく、これでようやく眠れるらしい。――いや、肉体のほうは、今頃、部屋ですやすやと寝ているはずなので、「ようやく」ではないのだろう。

ただ、そうなると、朝起きた時の彼は、はたしてよく寝たことになるのか。それとも寝不足の状態になるのか。――わからないが、これでよく寝たことになったら、なんだか損した気になる。それに、たとえ、これが夢であっても、起きた時には、疲れてげっそりしていそうだ。

（だいたい、眠りながら働くって、斬新《ざんしん》過ぎやしないか？）

そんなことを思ううちにも、見慣れた光景が目の前に現れ、結人は家の近くまで戻ってきたことを知る。

角を曲がれば、「あおやぎ亭」に向かう小路《こうじ》があり、その先が彼の住むアパートだ。

我知らずホッとしたのも束《つか》の間《ま》、角を曲がったところにあるはずの身慣れた景色は、どうしたわけか様子が一変していた。

夜を照らす赤い回転灯。

アパートを取り囲むように様子をうかがっているまばらな人影。

なんとも物々しい騒ぎとなっている。

（なんだ？）

驚きながら正面にまわると、そこには救急車と警察車両がそれぞれ一台ずつ停まっていて、ちょうど住人の誰かが運び出されてくるところだった。

（なにか、事件でもあったのだろうか？）

ドキドキしながら野次馬に交じって様子をうかがっていると、運ばれてくるストレッチャーのそばに見慣れた女性の顔がある。

「――あれ、真明ちゃん⁉」

思わず声をあげてしまったが、真明がこちらに気づくことはなく、そのまま救急車に乗り込んでいく。

だが、なぜ、真明がこんなところにいるのか。しかも、結人のアパートから病人らしき

との状態に戻れるのか。

混乱する結人に、閻魔が「ということで」と言った。

「とりあえず、篁が戻りしだい、得意の『魂呼び』で肉体に戻してもらうとして、それまで、どうしていたい？」

「どうしていたいって言われても、どうしたらいいのか、さっぱりわかりません」

選択肢すら思い浮かばない結人に、閻魔が指折り数えて教える。

「たとえば、浮遊霊としてそのへんをフラフラしているか、病院のベッドの脇で一緒に寝ているか、アパートの部屋に地縛霊のように居座り続けるか」

聞く限り、どれもあまり魅力的とは思えなかった。

「……他には、ありませんか？」

結人は、期待せずに訊き返したのだが、意に反し、閻魔は「ある」と明言した。

「とっておきの選択肢が残っているぞ」

「それを、先に言ってくださいよ」

少しホッとした結人が、期待を込めて尋ねる。

「で、その選択肢というのは？」

「篁が戻るまで、冥府の手伝いをしていればいい」

「――え？」

一瞬、自分の耳を疑った結人が、念のため確認する。

「冥府の手伝いって、今夜やったようなことをやるってことですか？」

「ああ」

「僕が？」

「そうだ。今、冥界は人手不足だからな」

「でも、僕、大学の試験が近いんですけど」

とたん、つまらなそうに眉間にしわを寄せた閻魔が、唇をとがらせて考えてから、

「しょうがないな」としぶしぶ応じる。

「その件は、なんとかしてやる。——それでいいか？」

あまりよくはなかったが、「嫌だ」と言ったところで意味がない気のした結人は、仕方なくうなずいた。

「ええ、まあ、他の選択肢に比べたらマシだし、いいですよ」

「よし。決まりだな」

そこで、二人は、結人の肉体を乗せて走り去った救急車を見送ったあと、再び冥界へと向かった。

# 第三章　本当の自分

## 1

東京から新幹線で一時間弱。

三島《みしま》駅で降り、車で十五分ほど走ったところに、その白亜の建物はあった。

学校の校舎のように四角く小ざっぱりとした外観で、右上の端に、アカンサスの葉をデザインした紋様とローマ字で「ＴＥＮＭＥＩ」と記されている。

宗教法人「天命会《てんめいかい》」。

寿命を正確に言い当てる占術で有名になり、近年、急速に勢力を伸ばしつつある組織である。

教祖は「アメノミコ」と名乗る女性で、「天命会」に所属する占い師は、彼女から依頼人の寿命を教えられ、それをもとに占いを行う。ただ、教祖がどうやって依頼人の寿命を割りだしているのかは、誰も知らない。

ゆえに、教祖は実は人間ではなく、天女の化身か、でなければ、閻魔大王《えんまだいおう》の情婦ではないかという噂《うわさ》がまことしやかに囁《ささや》かれている。そんな噂を助長するのに、彼女の見た目が一役買っていた。

というのも、さまざまな経験値から考えて、すでに五十路《いそじ》を過ぎていておかしくない女性であるはずが、化粧のおかげもあってか、見た目は十分若々しく、色気もある。実際の年齢を知る者も少なく、年齢不詳という点でも謎《なぞ》めいていた。

そんな「アメノミコ」のところに、その日、一人の来客があった。連絡は、まず受付から秘書へ内線で入り、秘書が彼女に取り次ぐ。

『アメノミコ様。「中村和幸《なかむらかずゆき》」と名乗る方が面会を申し入れておりますが、いかがいたしましょう？』

基本、事前に約束がなければ、教祖に会うことは叶《かな》わない。それは、教団の規則として徹底しているはずであったが、相手が相当ゴリ押ししたのだろう。しかも、名前を聞いた瞬間、執務室で連絡を受けた「アメノミコ」は、その場で震えあがった。

「――本当に、その者は『中村和幸』と名乗っているのですか？」

『はい』

「他《ほか》には、なにか言っていますか？」

『はい。「浅川奈津子《あさかわなつこ》」という女性のことでお話があるそうです』

「……そう」

そこで、ギュッと手に力を込めた「アメノミコ」が応じる。

「わかりました。お通しして」

『——え。本当に、よろしいのですか？』

「かまいません」

しばらくすると、秘書に案内されて一人の青年が入ってきた。

まだ若い。

大学生くらいだろうか。

顔はふつうだが、上背があって態度物腰が堂々としているので、同年代の女の子にはさぞかしモテるだろう。すでに老境に片足を突っ込んだ彼女であっても、彼なら、ツバメとしてそばに置きたいくらいである。

ただ、初めて会う相手であるのは間違いなく、「アメノミコ」は訝《いぶか》しげに青年を眺めやってから問《と》い質《ただ》す。

「……貴方《あなた》が、中村和幸？」

「そうだ」

「こちらが認識している『中村和幸』とは見た目がずいぶん違うようですけど、彼とはどういうご関係かしら？」

「中村和幸」は、彼女のかつての恋人で、十年前から行方不明となっている。いなくなっていた間に若返りの薬でも飲んだのでなければ、目の前の青年は同姓同名の別人だ。

だが、青年は意外なことを告げた。

「どういう関係もなにも、本人だ。私が、君の知っている『中村和幸』だよ」

とたん、「アメノミコ」が高笑いして、言い返す。

「バカおっしゃい。中村は、私より一つ年上でしたから、生きていれば、今頃はよくて中高年、老化が早ければ、すでに老人に見えるはずですよ。――だけど、貴方はどう見ても、大学生でしょう」

「たしかに」

青年が言う。

「外見は違うが、中身は間違いなく『中村和幸』だ。この私こそが、君の恋人であった中村なんだよ、奈津子」

本名を呼ばれ、「アメノミコ」がブルッと震えて青年を見つめる。

「……大人をからかうのはおやめなさい」

「別に、からかっちゃいないさ」

「からかってないなら、なんだって言うんです。――どこで、私と中村のことを聞いたのか知りませんけれど、少なくとも、貴方が『中村和幸』でないのは、わかりますよ。だって、明らかに別人ですから」

するると、軽く片眉《かたまゆ》をあげた青年が、「だから」と繰り返す。

「外見は、別人だと言っているだろう。もっと言ってしまえば、この肉体は、朝比奈明彦《あさひなあきひこ》という東京の大学生のものだ。だが、魂は、私なんだよ。中村和幸だ。——そして、そのことを、最近になって思い出した私は、君に訊《き》きたいことがあって、ここに来た」

「……私に訊きたいこと？」

相手の言っていることは、どうにも信じ難い話であったが、ふと、話し方が、かつての恋人を彷彿《ほうふつ》とさせたため、彼女は、つい訊き返していた。

「いったいなにを……」

すると、朝比奈明彦の外見をした中村和幸が、執務机の前まで歩いてきてその上に手をつき、身を乗り出すようにして告げた。

「もちろん、『原簿』の写しについてだ」

とたん、「アメノミコ」が驚愕《きょうがく》の表情を浮かべて目を見開く。相手の言ったことは、彼女と中村和幸の二人だけしか知るはずのないものだったからだ。

「アメノミコ」を名乗る奈津子が、震える声で確認する。

「——まさか、本当に貴方なの？」

「だから、さっきからそう言っている」

苛立《いらだ》たしそうにトントンとテーブルの上を指で叩《たた》き、明彦の姿をした中村和幸が「君は」と続けた。

「私が、苦労の末、中国の泰山《たいざん》での遺跡調査で見つけた『原簿』の写しを遺品の中から持ち去り、人の寿命を算出することで今の地位を築いたんだろう。――ついでに言ってしまえば、あの時、川で私を突き落として殺したのも君だな、奈津子？」

とたん、「アメノミコ」の口から声にならない悲鳴が漏れ、その場で気を失った。

## 2

九州地方。

大分《おおいた》県の温泉街にある地主の家で、数週間前に死者が出た。

地主の妻で、御歳《おんとし》四十八歳。

心臓発作という診断がくだされたが、それにしては、死者の年齢が若い。

それで、警察による念入りな捜査が行われているが、今のところ、毒殺などの疑いはないようだ。ただ、捜査にあたっている刑事たちが気にしているのは、地主には、最近になって若い愛人ができ、その女性が、亡妻の四十九日も終わらないうちから、本宅にあがり込み、我が物顔で暮らしていることだった。

しかも、聞き込みであがってきた情報では、夫婦仲はあまりよくなかったようで、浪費家の妻に、夫は愛想を尽かしていたらしい。

明らかに、愛人や、愛人にそのような暴挙を認めてしまっている地主には、妻を殺害する動機があり、さらに、死亡時刻のアリバイが二人して弱いため、刑事たちの疑いを晴らすには至っていないのだ。

もっとも、そんな現実的な事情は、この場に来ている篁《たかむら》にはまったく関係なく、なんなら愛人にまとわりついている亡妻の魂に真相を訊いてもいいくらいなのだが、実際、亡妻も、そのあたりの真相は知らないようで、ただ、家で煎餅《せんべい》を食べていた時に、急に心臓が痛くなり、そのまま呼吸困難に陥って絶命したということだった。

「もし、これが、あの女のせいなら」

亡妻が、四十九日の法事の席に紛れ込んでいた篁を相手に、愚痴《ぐち》る。

場所柄を考え、篁はジーンズに白いシャツではなく、黒いスーツに黒いネクタイを締めているが、それがまた長身で端正な彼に、よく似合っていた。

「死んでも許さないわ。――って、ああ、ヤダ、もう死んでいるんだった。ふん、だとしたら、地獄に落ちても許さない。地獄の底から呪《のろ》ってやる」

それは、勘弁願いたいと、おそらくここにいる篁だけでなく、閻魔を始めとする冥府《めいふ》のお歴々も思うだろう。

だからこそ、こうして篁を遣《つか》わし、この状況をなんとかしろと言っているのだ。

「つまり」

篁が、訊く。

大勢の弔問客に紛れて小声で話しているため、篁の声は周囲には聞こえていないはずである。それに加え、先ほどからたゆまなく続いている読経の声が、彼らがこっそり会話をするのを助けてくれている。

「貴女《あなた》が、夫の愛人である彼女のそばを離れようとしないのは、自分の死の真相を知りたいからですか？」

「それもあるけど、それ以上に、あの図々《ずうずう》しい女に、私が大事にしていた宝石類を渡したくないからよ。知っている？　あの女、私の寝室にズカズカと入って、宝石箱からありとあらゆる宝石を取り出して、うっとりしながら自分につけたりしているのよ。まるで、それらがすべて自分のものみたいな顔をしてね。──ああ、もう、ムカつく」

「なるほど」

篁は、納得する。

順番がまわってきたので、お焼香を済ませ、その場を離れながら考える。

どうやら、亡妻の妄執は人間に向かっているわけではなく、所有していた宝石類の上にあるらしい。

となると、この場から亡妻の魂を引きはがして地獄に向かわせるのは、案外簡単だ。

生者に対し、死者が執着している宝石類を放棄させるよう働きかければいい。

これが、生者を恨んで取り殺そうとしているとなると、かなり厄介であったのだが、これなら、なんとか、今日明日中《あすじゅう》に片がつくだろう。

その際、ネックになるのは、生者──この場合、愛人──の宝石類への飽くなき執着心だ。おそらく、彼女にどれほど働きかけたところで、亡妻の大切にしていた宝石類を手放すよう仕向けることはできないだろう。

では、どうしたら、彼女にすんなり宝石類を放棄させることができるか。

（――いや、ターゲットにするなら、彼女ではなく、彼だな）

篁は、出入り口で遺族の列を眺めながら、思いつく。

女性と違い、男性は宝石への執着は、さほどないはずだ。その性質を利用し、夫である地主に働きかけ、亡妻の宝石類を放棄させ墓に入れるよう誘導できれば、おそらく亡妻も満足し、素直に冥途《めいど》への道を歩き始めるはずだ。

その場でさっさと今後の方針を決めてしまった篁が、いったん宿に戻ろうと踵《きびす》を返した時である。

「でも、びっくりよねえ。――まさか、本当に、予言どおりに死ぬなんて」

すぐそばにいた弔問客のひそひそ声が聞こえ、篁は思わず足を止めた。

（予言どおり？）

その言葉が気になり、脇《わき》に寄った彼は、物陰で聞き耳を立てる。

「本当よ。去年、東京で診てもらった占い師に言われた寿命が、ドンピシャリ」

「彼女、けっこう気にしていたのよね」

「私も、聞いたわ。なんか、怖いって。それで、私、あんまり気にしちゃダメだって言ったんだけど」

「もしかして、心臓発作って、その寿命宣告に対するストレスかしらね」

「あり得る」

あとから来たらしい女性たちは、そのまま御焼香の列へと進んでしまい、それ以上の話を聞くことはできなかった。

だが、それだけでも、篁には十分興味を引かれる内容であった。

寿命——。

最近、その言葉をよく耳にする。

しかも、ただ聞くだけでなく、そのまわりには、必ず死者が付きまとっているようで、どうやら放っておくわけにもいかなそうである。

(寿命を当てる占い師ねえ)

歩きながらスマートフォンを取り出した篁は、以前、結人《ゆいと》から聞いた占い師の名前を画面上に表示しながら、秋風の吹き抜ける温泉街をゆっくりと通り抜けていった。

## 3

「……あの人、やっぱり人使いが荒い」

結人は、閻魔に指示された場所へと向かいながら、ひとりごちていた。

相変わらず、寝ていた時のまま、パジャマ代わりのスウェットパンツに長袖《ながそで》Tシャツという身軽な恰好《かっこう》であるが、幸い、寒さは感じないので助かっていた。

もっとも、素《す》っ裸《ぱだか》でいる時に呼び出されたら、素っ裸で動き回らなければならないのかと思うと、ちょっとゾッとする。香水だけまとって寝るなんてお洒落《しゃれ》なことは、今までもしたことはないが、今後もなにがあろうと絶対にやらないと心に誓う。

結人が冥府の――正確には閻魔の――お使いをするようになって、早二日が過ぎようとしていた。

その間、あっちへ行けだの、こっちへ行けだの、休む間もなく働かされている。

「こんなことなら、篁さんにくっついて九州に行けばよかった。それで、梅ヶ枝餅《うめがえもち》を一人で食べに行ったほうが、どんなに有意義だったか」

自分にそんなお金があるとはとうてい思えないが、バイト代の前借りを頼めば、篁なら聞き入れてくれただろう。

母親が世界的なピアニストである結人の家は、どちらかといえば裕福であったが、だからといって、学生の彼が、好き勝手にあちこち旅行できるほどお金に関して甘やかしたりはしてくれない。

もちろん、正当な理由があって頼めば、いくらでも出してくれるだろうが、はたして篁との旅行が正当なものになるのかどうか。

かなり微妙だ。

あとは自分で稼ぐしかなく、そうなると残念ながら、今の結人が一ヵ月で稼げる金額など、たかが知れている。

「……あ、そういえば」

結人は、ふと思う。

「これって、ただ働きなのかな？」

なんとなく話の流れで冥府の使いをすることになってしまったが、このことで、自分にどんな利益があるのだろうか。今の今まで、結人は考えてもみなかったが、労働には、それ相応の報酬があって然《しか》るべきである。

だが、冥界《めいかい》に通貨という概念があるかわからず、あったとしても、それが現世の価値と合致するとは限らない。

他に、交換できそうなものといえば——。

「まさか、寿命で払ってくれるとか」

もし、そうだとして、結人の寿命が最初から百歳あった場合、それ以上延ばしてもらったところで、さほど嬉《うれ》しくない。

やはり、ちょっと無理がある。

「いや、でも」

再びあることを思いつき、結人は妙に納得する。

「だから、篁さん、すごく長生きしているのかな」

千年以上の寿命の延期とは、またずいぶんとこき使われているものである。

そんなことをあれこれ考えるうちにも指定された場所に辿《たど》り着《つ》いた結人は、あたりを見まわし、怪しげな人間――もちろん、死者の魂ということだが――が歩いていないか確認する。

閻魔の話だと、数日前、このあたりでひき逃げがあり、歩行者の女性がはねられた。しかも、搬送中に息を引き取ったため、病院に届いた肉体からは、すでに魂が抜け出ていたらしい。

その魂が、自分の死を認識できず、いまだこのあたりをさまよっているという。

なんとも気の毒なことであり、結人は、その女性を見つけ、冥界への道を教えてあげないといけない。

（名前は、大貫寛子《おおぬきひろこ》……）

閑静な住宅街ということで、都内にしては、あたりはしんとしていた。

ワンブロックごとに電灯がついているので、けっして真っ暗ではなかったが、うっすらと夜霧《よぎり》がかかっていて、視界は若干悪い。

そこへ持ってきて、真夜中過ぎの静けさが、周囲に重くのしかかる。

と――。

夜霧の中から、スッと一人の女性が出てきた。まだ、若い。ハイヒールの音があたりにもの悲しく響いている。

会社帰りのＯＬといったところか。

始めこそ違和感はなかったものの、よくよく観察してみると、女性はバッグを持っておらず、服もかなり汚れている。

明らかに、彼女の身になにか起きたのだ。

（――間違いない、この人だ）

大貫寛子。

確信した結人は、女性に近づいて声をかける。

「……あの、大貫さん？」

すると、ハッとしたように顔をあげた女性が、一瞬怯《おび》えた様子で身構え、それから結人

の顔を見るなり、目を大きくして驚く。

「あ、貴方は――」

どうやら、結人のことを知っているらしい。

当然、結人も驚いた。

さっきまでうつむき加減で歩いていたため、よく見えず、知り合いとはわからなかったが、こちらを向いた顔には、たしかに見覚えがある。

女性のほうが、先にヒントをくれた。

「『あおやぎ亭』の店員さんね」

言われて、結人も相手の正体を確信する。

「そうだ、『寛子』さん……でしたっけ?」

そこにいたのは、先日、昼間の「あおやぎ亭」に友人と「最後の晩餐《ばんさん》」を食べに来ていた女性であった。寿命を宣告されてしまったことで悩んでいたが、その彼女がひき逃げの被害者である大貫寛子だったのか。

結人は驚きから回復できないまま、呆然《ぼうぜん》と続ける。

「――え、つまり、大貫さん、亡くなられたんですか?」

それは、言い換えると、占い師による寿命の予測が当たってしまったということである。

ただ、今の問いかけは、冥府の使いとしては時期尚早で、まだ自分の死を受け入れきれていなかった寛子が、衝撃を受けた様子で結人を見つめた。

「嘘《うそ》。私、死んだの？」

「――あ」

自分の失態に気づいた結人が、しどろもどろになる。

「いや、えっと、わかりませんが、ええっと、そうだな、どうしよう。う〜んと、あ、そうそう、大貫さんは、現在の自分の状況をどう思っていますか？」

たいしたフォローにはなっていないが、いちおう、寛子が考える。

「自分の状況……？」

「そうです。たとえば、なんで鞄《かばん》を持っていないのだろうとか、こんな夜遅くに歩いているのは、どうしてだろうとか……」

言われて初めて気づいたように、寛子が自分の手を見つめる。

「本当だわ。私、鞄、どうしたのかしら。慌てていて、またどこかに置き忘れてきたのかしらね。それに、なんで、こんな時間に外を歩いているのかしら。今日は、まっすぐ家に帰るはずだったんだけど、なんだか、頭の中がぼんやりしていて、いろんなことがよく思い出せない……」

「大丈夫ですよ、僕がそばにいるから思い出してみてください」

結人が、なんとか先ほどの失態を挽回《ばんかい》しようと、励ましながら続ける。

「ちなみに、どのあたりから思い出せませんか？」

「どのあたりって……、そうね、夕暮れ時だったのを覚えている。電車の窓から見えた夕日が黄金色をしていて、すごくきれいだった。それで、思わずスマートフォンから顔をあげて、しばらく眺めていたの」

「それは、いいですね」

「ええ。それで、気持ちがゆったりしたのだから、その気持ちのまま帰ればよかったのでしょうけど、ついまたスマホをチェックしてしまって、電車を降りたあと、特に予定もないのに、いつもの癖で、急ぎ足で歩いていて、ふと見あげた目の前の信号が変わりそうだったから、走り出したところまでは覚えている」

そこで、ふいになにかを思い出したらしく、彼女は怯えたように横を見た。

「そうしたら、そう、なにかが私にぶつかった。――いえ、ぶつかったなんて生易《なまやさ》しい衝撃ではなく、なにかがすごいスピードで突っ込んできたの。――ドンッて。脇腹や腰に衝撃が走って、それで――」

寛子が、結人に視線を戻した。その表情は、迷子の子どものように頼りなく途方に暮れている。

「それで、私、そのあとの記憶がまったくなくて、気づいたら、歩いていた。家に帰ろうと思って。――でもね、家に帰りたいのに、お母さんに会いたいのに、あんなに歩き慣れた道が見知らぬ道みたいに思えて、そのうち、どこに向かって歩いているのかもわからなくなってきたのよ。それで、どうしようかと思っていたら、貴方が」

寛子が、声をかけてくれた。結人に視線を戻して言う。

「貴方が、声をかけてくれた」

静かにうなずいた結人が、先をうながすように見つめ返すと、彼女はふと道路のほうに視線をそらし、「あれは」とつぶやいた。

「きっと、車だったのね」

それから、再び結人の顔を見て確認した。

「私、轢《ひ》き殺《ころ》されたんでしょう?」

結人は答えなかったが、結人が今さらなにを言おうと、彼女はもう、我が身に起こったことを自覚し始めている。

「そうよね。私、死んだんだ。そうに決まっている。――だから、ずっと、あんなにぼんやりしていたんだわ。……つまり、私、もう家には帰れないのね。『ただいま～』って、家族と当たり前の会話をすることもできない」

悲しみに囚《とら》われた寛子が、「今朝」と続ける。実際のところ、彼女の命を奪った事故は「今朝」の話ではなく、何日も前の出来事であったが、今の彼女に時間は関係ないため、結人は敢《あ》えて指摘せずにおく。

「家を出る時、お母さんになにを言ったっけ。覚えていないくらい、たいしたことを言っていないのね。——だって、あの時はまだ、もう二度と会えないなんて思わなかったし」

だが、そう言った瞬間、彼女が「——あ」と口を押さえた。

「違う。そういえば、一瞬だけ頭をよぎったの。——ほら、私、占い師に今日までの命って言われていたから、お母さんに『ありがとう』って、いちおう言っておこうかと思ったんだけど、そんなこと言ったら、絶対に変だと思われるし、なにより、なんか縁起が悪そうだったからやめたの。私は、絶対に死んだりしないって、信じたかったから」

結人が、「たしかに」と応じる。

「『死ぬかもしれない』なんて考えながら、人は生きるべきではないです」

「そうよね」

同意しつつも、寛子がどこか悔しそうに「でも」と告げる。

「なんだかんだ言っても、結局のところ、あの占い師の言うとおりになってしまったのね。彼が予測した私の寿命は、ピタリと的中した」

「ピタリと的中……」

今さらとはいえ、そう聞いた瞬間、結人の中で、なにか強烈な違和感が芽生えた。

やはり、変である。

寿命を正確に言い当てることは、千年以上生きている、もはや人間かどうかさえ疑わしい篁でさえできないと、篁自身が言っていた。

それなのに、この世に、それをなし得る人たちがいる。

穿《うが》った見方をすれば、それは、寿命を宣言しているのではなく、宣言したとおりになるよう、なにか細工を施しているのではないかということだ。

つまり、裏に、なにかからくりがある。

でなければ、絶対に人の寿命など当てられるわけがない。

ふいに、どうしても納得がいかなくなった結人は、受け身であったそれまでの態度から一転、彼女に手を差し伸べながら告げる。

「やっぱり、それって、変ですよ」

「え？」

驚く寛子の手を取り、その場から連れ出しながら言う。

「だから、きちんと調べましょう。――というか、僕が調べてくるので、とりあえず、寛子さんは『あおやぎ亭』で待っていてくれませんか？」

# 4

「──大貫寛子」

休廷中のお白洲《しらす》で、御坐に座る閻魔の背後に仁王像のように立っている側近のうち、右《みぎ》側《がわ》にいる司命《しみょう》が、タブレット型端末で冥府の資料にアクセスしながら言う。

「ああ、これだ」

情報を見つけた司命が、「間違いなく」と断言する。

「死亡していますね。四日前の交通事故で」

「四日前……」

結人が、指を折って数えながら考える。

四日前ということは、「あおやぎ亭」に彼女が来て「最後の晩餐」を食べた翌日ということになり、やはり、寿命の予測は当たっていたということだ。

閻魔が言う。

「だ、そうだ。──わかったら、とっとと、その女を連れてこい」

だが、まだ納得のいかない結人は、言い返す。

「だけど、変ですよね。誰かが、彼女に寿命を教えたんですよ。そんなことって、あるんですか?」

「ない。まぐれだろう」

あくび混じりに片づけた閻魔に対し、結人が食い下がる。

「ううん、まぐれじゃないです。彼女の話では、その占い師は、寿命を当てるので有名だそうですから」

渋面を作った司命とあくびを止めた閻魔が顔を見合わせる。しばらく、そうして目で意思の疎通を計ったあと、結人に視線を戻して、閻魔が訊く。

「それ、本当か?」

「本当です。予測された寿命どおりに亡くなった有名人もいて、あっちではけっこう話題になっているんです」

「あっち」とはもちろん、冥界ではない、生者の世界のことである。

「きっと、どこからか、寿命の情報が漏れているか、あるいは、その占い師が、呪いとかなにかそんなもので、寿命を操作しているのかもしれない」

「それは、あり得ない。寿命の操作は、不可能だ」

閻魔に続き、寿命情報の管理を任されている司命が、不機嫌そうに応じる。

「うちから情報が漏れたというのも、まずあり得ませんね。そのようなことが起こらないよう、情報の管理は徹底していますから」

「だけど、それなら、なんで、寿命を当てられる人間がいるんですか？」

「だからさ」

扇をパサリと開いた閻魔が、ぱさぱさと振りながら面倒くさそうに応じる。

「たまたまだろう。要は確率の問題だ。当たった人間だけが、話題になっているんだよ」

すると、それまで我関せずの体でいたもう一人の側近である司録《しろく》が、なにか思いついたように「……たいざん」とつぶやいた。

気づいた閻魔が、司録のほうを向いて訊く。

「なんだ、司録。心当たりでもあるのか？」

「あ、いえ」

眼鏡《めがね》を押し上げた司録は、一瞬ためらう様子を見せたが、閻魔が苛立たしげに目を細めたので、すぐにあとを続けた。

「ふと思っただけですが、かつて、まだ冥府の体制も今ほど整っていなかった頃の話として、死者の魂が集まる霊域から『禄《ろく》名簿』の基となった寿命の原簿の写しが流出したという話があったと思いまして」

とたん、プライドを傷つけられた様子の司命が「は」とバカバカしそうに笑った。

「そんな眉唾《まゆつば》な話、この場でまじめくさって言うことか。私だって、その手の言い伝えは耳にしているが、人間界で言うところの『都市伝説』みたいなものだろう。公式な場で取りあげるようなことではない」

「まあ、そうなんだが」

実際、司録もそう思っていたようで、特に反論することなく引きさがる。

そんな二人の言い合いを御坐からおもしろそうに眺めていた閻魔が、途切れたところで「そうだな」とまとめる。

「結人の言うとおり、本当に寿命を正確に言い当てる人間がいるのだとしたら、いずれ調査の必要も出てくるだろうが、今は、とにかく、大貫寛子を連れてこい。彼女の寿命が尽きたのは、間違えようのない事実なんだから」

「……わかりました」

残念そうに肩を落とした結人が、踵を返して歩き出す。

すると、入れ替わるように一人の獄卒がやってきて、御坐の前で膝《ひざ》をついた。

「閻王《えんおう》殿」

「なんだ？」

「ご休憩中のところ、申し訳ございませんが、このたび、地上にて魂の回収に臨んでいたところ、少々おかしな事態に遭遇いたしまして、ご報告と対処のご指示を仰ぎたく参上いたしました」

「それは、ご苦労」

労《ねぎら》った閻魔が、「で？」と続ける。

「おかしな事態というのは？」

「それが、水難事故のあった川縁《かわべり》で、まだ寿命のある子どもの魂を拾ったので、それをその子どもの肉体が収容されている病院に連れていったところ、その肉体には、すでに別の魂が入り込んでいて、その場が混乱しておりました。まあ、当然と言えば当然ですな、なんといっても、大事な息子が、息を吹き返したとたん、自分は別人だと騒ぎ始めたのですから」

「へえ。それは、明らかに『借屍還魂《しゃくしかんこん》』だな」

興味深そうに聞いていた閻魔が、続きをうながす。

「それで、お前はどうしたんだ？」

「それが、相手が生きている者となると、いつもと少々勝手が違って参りますので、ひとまずその場はなにもせず、行き場を失っている魂を連れて戻ったしだいです。まあ、別の魂が入っているのであれば、肉体が火葬に付されてしまうという最悪の事態は避けられるはずですので、ここは、閻王殿のご指示を仰ぐのが筋かと――」

「なるほど」

うなずいた閻魔が、「それで」と問う。

「行き場を失っている魂は、どこにいる？」

「はい。あまり長い間、恐ろしい体験をさせるのも酷でございますゆえ、あちらで眠らせてございます」

「そうか。それなら、そっちはいいとして、生者に対する『借屍還魂』をした魂についての情報は、なにかあるか？」

「それが」

膝をついたまま、獄卒が告げる。

「たいしたことはわかりませんでしたが、『自分は、あさひなあきひこ、だ』と名乗っているのは聞きました」

とたん、立ち去りかけていた結人が、驚きの声をあげて振り返る。

「――あさひなあきひこ？」

それから、初めて会う獄卒に対し、慌てて確認する。

「その子、本当に『あさひなあきひこ』と名乗ったんですか？」

獄卒にしてみれば、いきなり知らない人間に声をかけられ、戸惑うしかない様子であったが、ちらりと閻魔を見やってから、しぶしぶうなずく。

「あ、ああ。間違いなくそう名乗っていたが……」

それがなんだというのか、と言いたいのだろう。

閻魔も、同じように思ったようで、不審げに訊く。

「なんだ、結人、知り合いか?」

だが、聞こえていないのか、結人はその場で一人、ブツブツとつぶやいている。

「いや、そんな、まさか……。なんで、アキの魂が。どういうことだ?」

その姿を見て眉をひそめた閻魔が、「おい、結人」と若干声を荒らげて繰り返す。

「質問に答えろ。——その『あさひな某』とお前は、知り合いなのか?」

同時に、近くにいた獄卒がドンと結人の背中を押したため、ハッと我に返った結人が振り返って言う。

「——え、なんですって?」

まったく聞いていなかったことを示す言葉に、閻魔が呆《あき》れて三度尋ねる。

「だから、その魂の持ち主を知っているのかって訊いている」

「あ、はい。僕の従兄弟《いとこ》が、同じく『朝比奈明彦』というんですけど、でも、彼は生きているはずなので、きっと同姓同名の別人だと思います。字だって、どう書くかわからないし」

すると、獄卒がなにか思い出したように、「ああ、そういえば」と告げた。

「己を特定するためでしょうが、その者は、両親の名前も告げました」

「それを、早く言え」

軽くいなした閻魔が、「で」とうながす。

「両親の名前は？」

「えっと、たしか、父親が『あさひなかずあき』で、母親が……」

そこで、思い出そうと獄卒が考え込んだため、結人が横から口をはさんだ。

「まさか、『靖子《やすこ》』ではないですよね？」

「いや、そうそう、『やすこ』だ」

ポンと手を打って答えた獄卒が、相手が結人であることに気づき、改めて閻魔に報告する。

「『靖子』でした」

閻魔がうなずく前で、結人が不安そうにつぶやく。

「——どうしよう、アキの両親と同じだ」

いったい、なにがどうなっているのか。

閻魔も、釈然としない様子で「……ふうん」と口にする。

すると、タブレット型端末を操作していたキツネ目の司命が、「ちなみに」とそつなく閻魔に報告した。

「現在、日本に存在する『あさひなあきひこ』は、全部で十三名、ただ、両親の名前まで一致するのは、『朝比奈明彦』と書く、こやつの従兄弟のみのようです」

「寿命は？」

「『朝比奈明彦』ですか？」

確認するというより間を補うように言ったあとで、司命が答える。

「たっぷり残っていますね。まだ、死者の領域に踏み入る時期ではありません」

「それって」

思わず声をあげた結人が、閻魔に対して確認する。

「つまり、アキは死んでいないし、当分死なないということですよね？」

「まあ、そういうことだな」

閻魔のお墨付きを得て、ひとまずホッとしたものの、問題はまだ残っている。

「だけど、そうなると、これって、どういうことなんですか？」

結人は、閻魔ならその答えを知っていると思って尋ねたのだが、意に反し、閻魔はあっさり応じた。

「さあ、わからないな」

「え、わからないんですか？」

驚いた結人が、さらに訊く。

「冥府の王様なのに？」

「冥府の王だからって、なんでもわかるわけじゃない。それに、どうやら、なにかこんがらがっているようだが、どれも、生きている人間のことのようだし、そうなると、俺の管轄外だと言わざるをえない」

「……そんな」

再び不安そうな面持ちになった結人が、「それなら」と訊く。

「どうすれば、アキの魂をもとに戻せますか？」

すると、思惑ありげに結人の顔を見た閻魔が、扇で結人を指しながら「お前」と告げた。

「地上の肉体に魂を戻してやるから、その従兄弟の陥っている状況を確認しろ。もし、本当に魂が抜け出ているなら、肉体はどこかで仮死状態になっている可能性があるし、そうなると、最悪、火葬されてしまう可能性が出てくるからな。――万が一、そんなことになれば、もうなにをしようと手遅れだ。だから、お前は、そんなことにならないよう、朝比奈明彦の肉体を見つけたら、なんとしても死守しろ」

指示を受け、「わかりました」と勢い込んで応じ、急ぎ立ち去ろうとした結人が、はたとなにかに気づいたように足を止めた。

今、たしかに「地上の肉体に魂を戻してやる」と言われたが、そんなに簡単に戻せるものなのだろうか。

というより、戻せないから、こうして冥府の使いをしているのではなかったか。

振り返った結人が、その疑問を閻魔にぶつける。

「僕、肉体に戻れるんですか？」

「ああ。俺を誰だと思っている？」

「でも、戻れないから、ここにいたんじゃ――」

すると、扇で口元を隠しながらニヤッと笑った閻魔が、「ま」と答えた。

「そのあたりの細かいことは気にするな。――それより」

そこで、口調を変え、閻魔は王者の貫禄《かんろく》で命令する。

「誰か、至急、野相公《やしょうこう》を呼び戻せ。可及的速《かきゅうてきすみ》やかに参内するように、と――」

## 5

中村和幸は、焦っていた。

何もかもがうまくいかない。

唯一の希望であったはずの浅川奈津子は役に立たず、彼女の執務室から収集したわずかばかりの情報を頼りに、街中をさすらう身となっている。

自分を殺した女。

十年前のあの日、彼女に川に落とされるまで、彼は、かなり名の通った中国古代史の研究者であった。

中国人の母親の話では、彼は、彼の両親が中国滞在中に生まれた子どもで、泰山近くの病院で出産したという。

山間部にあったその病院は設備が悪かった上、数日前に近くで起きた大地震によるケガ人で溢れていたため、妊婦の母親にまで十分なケアが行き届かず、最初は死産と思われたらしいが、みんなが諦めかけた頃になって、ふいに息をして泣き出したらしい。その時のことを、母親は、人の寿命を左右できる「東嶽大帝《とうがくたいてい》」のおかげであると言って感謝していた。

そのせいかどうか、彼は、昔から中国の古代史——特に神話時代の中国への憧れがとても強く、小学生の時分から「封神演義《ほうしんえんぎ》」などを読みあさり、その知識を深めていった。

その甲斐あって、泰山での遺跡調査に、日本人研究者として参加することを許され、そこで、彼は、アレに出会えたのだ。

まさに、運命だった。

彼は、その時の感動を忘れていない。

月夜に、忘れ物を取りに遺蹟へと戻った彼は、暗がりから自分を呼ぶ声が聞こえたように思い、声のするほうに歩いて行くうちに、いつの間にか草木に覆われた谷底へと降りていた。それまでもそのあとも、どこをどう歩いたかはよく覚えていないが、気が付くと目の前に小さな洞穴があり、その奥深くにアレがあったのだ。

今思えば、異国の地で、よくぞあんな奥深いところまで踏み入ったもので、通常なら絶対に立ち入らない場所であったが、あの時は、なにかに取り憑かれたかのように、ひたすら前進していた。

おそらく、アレに呼ばれたのだろう。

それとも、自分の中にあるなにかが、彼にそうするよう仕向けたのか。

わからないが、苦労して手に入れたものを日本に持ち込んだあと、彼は、信じていた恋人に裏切られ、殺されてしまった。

一方、彼女は、彼と彼の成果を踏み台に巨万の富を築いていったというわけだ。

（……あいつは、その報いを受けたに過ぎない）

彼の目の前で気絶した元恋人の頭からは、みるみると血が流れ出た。どうやら、倒れた際、どこかに頭をぶつけたらしい。

とっさに恐ろしくなって逃げ出したものの、そのせいで、すべての道が閉ざされてしまった。

どこまでも邪魔くさい女である。

けっきょく、彼に残された希望はただ一つ――。

そう、ただ一つ。

（ただ一つ……、なんだっけ？）

さまよいながらつれづれに考えていた彼は、ふと立ち止まって新たに考える。

ただ一つ。

残された希望が、なんであったか。たった今まで考えていたはずなのに、何故か、思い出せない。まるで、さっきまで考えていた自分と、こうして考えている自分に隔たりでもあるかのようだ。

己の考えであるはずが、川向こうの出来事のように奇妙な隔たりを感じる。

川……。

（川、か）

そこで、思考が横道に逸れた。

川といえば、あの時の少年は、どうしただろう。

あの夏の日、彼が川底に沈め、代わりに乗っ取ったこの肉体の本当の持ち主である少年は、まだあそこにいるのだろうか。

暗く、冷たい、あの川底に――。

わからないが、妙な胸騒ぎがしてならない。

なにかが、今の自分にとって代わり、こうして思考し動き回っている「自分」という存在を支配し、思う通りにしようとしている気がしてならないのだ。

（なにかが――）

彼は、ふたたび歩き出しながら考える。

（なにかが、変だ）

歩きながら自分の手をジッと見つめ、奇妙な違和感にとらわれた。

しわのない、きれいな手だ。

若さの表れであろう。

男にしてはしなやかで、あまり重いものなどは持ったことがなさそうな、だが、決してなよなよした手ではなく、骨ばった男らしい手である。

これが、自分の手なのか。

いや、元々は「朝比奈明彦」という人間の手であったが、長年彼の手として機能してきたのであれば、違和感などあるはずがないのに、何故か違和感をぬぐえない。

なにか、自分とは相容《あいい》れない異質な存在が、そこに透かし見えている。

（……本当に）

彼は、思う。

（自分は、どうしてしまったのか）

いや、どうもしていない。

これが、きっと本来の自分なのだ。

飾ることのない自分。

まして、隠す必要などない心の奥深くに潜んでいた自分――。

彼は、その瞬間、電撃のように悟った。

まるで、一つの業《カルマ》を断ち切ったような爽快感の中、彼には、紛うことない一つの道がはっきりと見えてきた。

（そうだ、なにを迷うことがある）

喜びと開放感のうちに、彼は思う。

（アレがどこにあるかわからないのであれば、いっそのこと、原本を奪いに行けばいい）

今や、はっきりとした明確なヴィジョンの元、彼は足取りも軽くある場所を目指して歩き出す。

（待っていろ、簒奪者《さんだつしゃ》たちめ）

ふつふつと湧きあがる怒りの炎に包まれつつ、彼は心に誓う。

（今こそ、かつてなしえなかった、いにしえの力を我が手に――）

# 第四章　水の鬼

## 1

　収容先の病院で目覚めた結人《ゆいと》は、検査で異常がなかったことを受け、あっさり退院を許可された。もとより、なにが悪くて意識が戻らないのか、どの医師にもわからなかったのだ。それで、病院内では、密《ひそ》かに「冬眠中の人間が入院している」と噂《うわさ》になっていたくらいである。

　つまるところ、冥府《めいふ》の王である閻魔《えんま》の力をもってすれば簡単に戻せたのに、あの場で「元に戻れない」などと嘘《うそ》をつかれ、いいようにこき使われていただけだった。

（まったくもう）

　嘘つきの罪人を裁く本人が嘘をついてどうするのかとも思うが、よくよく考えたら、閻魔は、「自分にはできない」などとは一言も言っておらず、話の流れで結人が勝手にそう思い込んでいただけであるため、責めるに責められない。

それに、済んだことをぐちぐち言っていても、時間が無為に過ぎるだけである。

何事も切り替えが重要だ。

そこで、病院をあとにした結人は、真っ先に明彦《あきひこ》に連絡を取ったが、彼のスマートフォンは電源を切られた状態にあるようで繋《つな》がらず、マンションにもいなかった。

（……こんな時に、また、なんで捕まらないんだよ、アキ）

自分が彼を捜している理由を考えると、ここで明彦に会えないことは、非常に悪い傾向にあると言わざるをえない。

悩んだ末、ひとまず部屋に戻って着替えを済ませた結人は、明彦のことならなんでも把握している真明《まひろ》に会いに、彼女のマンションへと出向く。

真明が住んでいる広尾《ひろお》のマンションは、明彦の部屋ほどゴージャスではなかったが、その分、洗練され、セキュリティも万全だ。ただ、明彦に対するのとは違い、結人が真明の部屋を訪れることはあまりなく、少々気後れしながら部屋番号を打ち込んで、インターフォンを鳴らした。

ややあって、応答する気配があり、おそらく画面で結人のことを確認したのだろう、真明がすごい勢いで「うそ、結人⁉」と叫ぶ声が聞こえ、同時にロックが解除される。

二つ目のオートロックも解除され、彼女の部屋の前まで行くと、待ちきれなかったよう

いかであった。

結人は、その方法を知らない。

魂の状態で使い走りをしていた時は、なんなく行き来できていた冥界であったが、肉体を伴ったとたん、どうすればいいのかわからなくなった。

考えてみれば、冥界へ繋がる道はおろか、閻魔の電話番号もメールアドレスも知らないし、そもそも、結人の持っているスマートフォンから冥界に電話がかけられるとも思えない。

つまり、万事休す、だ。

閻魔も閻魔で、そのあたりのことをきちんと教えてから戻してくれたらいいのに、おそらく篁《たかむら》の存在に慣れ過ぎてしまって、実際の人間というのがどういうものであるか、すっかり忘れているのだろう。

こうなると、今の結人にできることは、ただ一つ。

（篁さんに、メールしよう）

結局、冥界も結人も篁を頼ってばかりだが、この際、仕方ない。

そこで、結人は、ひとまず、自分でも心当たりを捜してみると言って、真明の部屋をあとにした。

## 2

篁に「至急、連絡が取りたい」とメールをすると、すぐに「『あおやぎ亭』で」という短い返信が来たので、結人は指示に従い、店へと向かう。

ところが、路地《ろじ》の近くまで来ると、なにやらあたりが騒がしい。

いつもは閑散としている路地裏に、数台のバンが窮屈そうに停《と》まっていて、ラフな服装の上にお揃《そろ》いのスタッフジャンパーを着た男女が、メールをしたり、バンに出入りしたりと、忙しそうに立ちまわっている。

そこに漂う独特の雰囲気《ふんいき》。

さらに歩いていくと、数メートル先に人だかりができていて、昼間なのに照明やレフ板を持った人たちがいた。そのそばには、大きなテレビカメラを担いだカメラマンや長いマイクを捧《ささ》げ持つ音声担当者の姿があり、大掛かりなロケを敢行中であることが知れる。

（こんなところで、ロケ？）

特に珍しいものがあるわけでもないのに、いったいなにを撮影しているのかと思いながら「あおやぎ亭」に向かう袋小路《ふくろこうじ》に入ろうとすると、そばで電話していた髭面《ひげづら》の男性が気づいて、パッとこっちに顔を向けた。

「あ、君、あの店に行くの？」

「……え？」

驚く結人に、男性は畳みかけるように言う。

「でも、お店、閉まっているみたいだよ。うちも、それで困っていて」

「……そうですか」

結人は、警戒しつつ答えた。まさか、ロケの目的地が「あおやぎ亭」であるとは思ってもみなかったが、今の言い分だと、そういうことになる。

だが、考えてみれば、それもさほどおかしいことではない。

都内にある隠れた名店というのは、情報番組に欠かせない話題で、テレビ局は常に新しい場所を探し求めている。

そして、西早稲田《にしわせだ》にひっそりと存在し、かつ、お得で癒《い》やしパワーのある料理やイケメン店主が揃《そろ》っている「あおやぎ亭」は、「情報が命」であるテレビ局の人間にとって、恰好《かっこう》の取材対象であるに違いない。

結人が戸惑いを隠せずにいると、「ああ、ごめん、ごめん」と軽い調子で謝った男が、名刺を取り出して挨拶《あいさつ》した。

「僕は、東亜《とうあ》テレビのディレクターで細野《ほその》といいます」

「はあ」

名刺を受け取った結人がそれを眺めている間も、相手の話は続いた。

「それで、今、『なぞ探検隊、オーマイゴッド！』という番組のロケをしに来ているんだけど」

「……『なぞ探検隊、オーマイゴッド！』？」

その番組なら、結人も知っている。

いわゆる平日のゴールデンタイムと呼ばれる時間帯に放映されている人気番組で、結人も何度か見たことがあった。ただ、タイトルからもわかるとおり、料理のおいしい店を紹介するような情報番組とは違って、オカルトがかったミステリーの現場を取材し、おもしろおかしく紹介するような内容であったはずだ。

その撮影隊が、「あおやぎ亭」にロケとは、いったいどういうことなのか。

（ここのランチがおいしくて評判になっている――って話じゃ、ないのか？）

結人の懸念どおり、細野ディレクターが「実は」と事情を説明する。

「最近、このへんで幽霊の目撃談が相次いでいるらしくて、視聴者から、ぜひ取材してきてほしいという意見が寄せられたんだ。それで、幽霊が出没するという場所の近くをまわっているんだけど、君は、そんな噂、聞いたことない？」

「幽霊の目撃談⁉」

動揺した結人が、大仰に首を振って否定する。

「ぜんぜん、ないです、ないです、皆無です。そんな噂、聞いたことも見たことも、ありません」

動揺するあまり、言葉のチョイスがおかしいが、本人は気づいていなかった。

「それに、僕、関係者とかでもないですから」

「そうなの？」

否定しながらひどく慌てている様子に違和感を覚えたのか、細野ディレクターの目が結人をとらえてキラリと光る。

「でも、君、今、この袋小路に入っていこうとしたよね？」

「……え、まあ。営業中だと思ったから、ランチを食べに」

「なら、前に来たことはあるんだ？」

「……いちおう」

「もしかして、常連さん？」

「常連というほどでは……」

「近くに住んでいるの？」

「えっと――」

考える隙を与えられず畳みかけるように質問を浴びせられ、結人はとっさに返答に窮《きゅう》して黙り込む。

と、背後で「ほら、間違いない」と誰かの声がした。

振り向くと、そこに、出演者の一人なのだろう、和装姿の男がいて、スタッフたちと一緒に地図らしきものを広げ、路地裏と照らし合わせるように眺めている。

髪に白いものが混ざる抜け目なさそうな顔立ちをした男で、着物の袖口から覗く深いモスグリーンのストーンブレスレットが、やたらと目を引いた。

男が言う。

「この古地図によれば、あの先に江戸時代に使われていた古い井戸があるようなので、それが霊道となって霊が行き来しているものと考えられる。やはり、あの店には取材に行くべきだな。それで、その井戸を見せてもらったほうがいい」

「お～、井戸！　いいですね。画《え》になる」

スタッフも嬉《うれ》しそうにしているが、結人は、密かに眉《まゆ》をひそめて首をかしげた。

(――井戸？)

「あおやぎ亭」で働き始めて一ヵ月以上経《た》つが、結人は、彼らが言うような古い井戸など見たことがない。

それに、そもそも、訳知り顔でそんなことを言っているあの人物は誰なのか――。

すると、スタッフの一人が、その男に向かって声をかけた。

「それなら、篝《かがり》先生」

結人は、その名前に反応する。

（篝……？）

どこかで聞いたような気がするのだが、どこで聞いたのか、すぐには思い出せない。

（篝、篝……）

考えていると、ふいに腕を引かれて驚いた。

すっかり存在を忘れていたが、目の前にいる細野ディレクターが、スマートフォンを操作しながら会話を再開していたのだ。

「ね、君、聞いている？」

「あ、すみません、聞いていませんでした」

「いいけど、もし、あの店のことでなにか情報があれば、なんでもいいから教えてくれないかな。――もちろん、ただとは言わないよ。情報によっては、けっこうな金額を出せると思う」

そんな甘い言葉を囁《ささや》かれるが、もちろん、結人はその話に乗ることなく、「だから」と答えた。

「僕、本当になにも知らなくて、お店、閉まっているなら、帰ります」

そう言って踵《きびす》を返した結人の背後で、小さく舌打ちした細野ディレクターが、なにを思ったか、まわりのスタッフに大声でとんでもない指示を出した。

「よ〜し、とりあえず、この袋小路からのアプローチと、店の外観だけ撮っちまおう」

　比較的良識のありそうなスタッフの一人が、まごついた様子で訊《き》き返す。

「そんなことして、いいんですか？」

「いいよ、いいよ。店側にしたって、いい宣伝になるんだ、テレビに映るのを嫌がる店主はいないだろう。ただ、予定していた店主のインタヴューは、後日、インサートの形で入れるしかないから、せめて、幽霊の雰囲気が出るように、いちおう、向こうから歩いてきた人間が、このあたりでスッと消えるようなインパクトのある画を撮っておこう」

「だとしたら、エキストラが必要ですね」

「そうだな。――おい、誰か手の空いている奴《やつ》、表通りでヒマそうにしている学生を何人か捕まえてこい」

（――え？）

　結人が、足を止めて振り返る。

（それって、ヤラセだよな？）

　いったいなにを考えているのか。

　なんであれ、「あおやぎ亭」の関係者として、そんないい加減な映像を勝手に撮らせるわけにはいかない。

　カチンときた結人が「――ちょっと」と文句を言う。

「すみませんが、そういう胡散臭《うさんくさ》いこと、しないでくれませんか⁉」

それに対し、細野が小さく首を傾けて応じる。

「なんだい、君、関係ないんだろう？」

「そうですけど」

「じゃあ、黙っとけよ」

「そういうわけにはいきませんよ」

おっとりしている結人にしては珍しく相手の言い分に腹を立て、面倒なことになると知りつつ、思わず宣言してしまう。

「僕、関係者ですから。申し訳ありませんが――」

「勝手なことはさせませんよ」と主張したかったのに、そこで、「してやったり」というようにニヤッと笑った相手が、「やっぱりね」と嬉しそうな顔をしたので、最後まで言えずに終わる。

「絶対にそうだと思ったんだ」

「え？」

「君は、きっと関係者だろうってね」

そんな言葉と一緒にウィンクまでされ、結人は自分が騙《だま》されたのだと知る。

細野ディレクターが勝ち誇ったように続けた。

「ねえ、君、頼むから、ちょっとだけ話を聞かせてくれないか。絶対に、悪いようにはしない。それで、できれば、店内を撮影したいんだけど、今からオーナーに連絡取れないかな？」

結人が関係者であることを白状させ、なんとか撮影に協力させようとしているらしい。なんと強引であることか。

結人の心境などまったく無視してどんどん迫ってくる相手に気圧《けお》され、結人がなにも言えずにいると、ふいに横合いから冷ややかな声がした。

「その子を介すまでもなく、私がオーナーだが、君たち、許可もなく、ここでなにをしているんだ？」

振り返ると、そこに篁のスッとした品のいい姿があって、どこか人を寄せ付けないオーラを放ちながらこちらを睨《にら》みつけていた。

目元の涼しげな端正な顔立ち。

黒曜石のように底光りする瞳《ひとみ》。

墨色のジーンズに同系色のロングカーディガンという現代風な恰好でありながら、どこか平安朝の雅《みやび》な雰囲気を漂わせている彼からは、「泣く子も黙る閻魔大王」と対等に振舞える冥府の官僚的な威厳が感じられる。

その威圧感は居並ぶ人々を圧倒したようで、あれほど強引だった細野ディレクターも気圧されたように口をつぐみ、他《ほか》のスタッフも動きを止めて篁に注目している。

　静かになったのをいいことに、篁が付け加えた。

「言っておくが、幽霊がどうのなんて取材は、当たり前だがお断りだ。営業妨害も甚だしい。外観の撮影はもとより、君たちが踏み込んでいるその袋小路も私有地だから、撮影は遠慮してもらおう。――もし、少しでも、この店と繋がるような映像が放映されたら、即刻訴えるので、そのつもりで」

　結人の手から細野の名刺を取りあげながら宣言すると、相手の返事を待たず、「結人、おいで」と一声かけてから袋小路のほうへと歩き出す。

　ハッとした結人が、急いであとに続く。

　その背後では、篁の視界から外れたことでホウッと息を吐いた細野ディレクターが、残念そうな声で指示を出すのが聞こえた。

「仕方ない、ここは撤収だ、撤収。――四谷《よつや》の祟《たた》りのほうに切り替えるぞ」

　その一声で、ロケ隊がぞろぞろと動き出したが、ただ一人、納得がいかない様子の篝という男が、みんなを必死で制している。

「おい、ちょっと待て、諦《あきら》めるのか？」

「仕方ないでしょう、篝先生。撮影がNGになっちゃったんだから。強引なことをして訴えられると、あとあと面倒なんですよ。――それに、今ならまだ、内容の差し替えは可能ですから」

「だが、あの店に霊道があるのは、間違いないんだ！　それを突き止めて、アメノミコ様に報告しないと」

とたん、歩いていた篁が立ち止まって振り返り、篝の姿を眺めやる。それから、隣で一緒に立ち止まった結人に、尋ねた。

「あの男、誰だかわかるかい？」

「えっと、はっきりとはわかりませんが、『篝先生』と呼ばれているのは聞こえました」

「篝……」

感慨深そうに繰り返した篁に対し、結人が「実は」と先ほどから思っていることを伝える。

「僕、その名前をどこかで聞いたように思うんですけど、思い出せなくて」

すると、軽く肩をすくめて歩き出した篁が、あっさり教えてくれた。

「おそらく、結人が思い出そうとしているのは、『篝天啓《てんけい》』だろう。――前に、『寿命を当てる占い師』について話してくれた時の」

「『篝天啓』？」

話してくれたと言われたわりにすぐには思い出せなかった結人が、お店の前に辿《たど》り着《つ》いたところで「――あ」と叫んだ。

「そうだった！」

「篝天啓」の名前もそうであるが、それと同時に、もっと重要なことも思い出したのだ。

「忘れてましたけど、篁さんに言っておきたいことが――」

だが、その時には、すでにカラカラと風流な音を立てて店の扉をあけていた篁が、一度中に入りかけた首を戻して、結人に訊いた。

「――もしかして、僕がいない間に、あちら側のお客様を招いた？」

「えっと、そうです、そうでした。すみません、先に報告するべきだったんですけど、すっかり忘れていて」

篁の前にまわり込み、店の中にいる女性を見ながら、結人は、「彼女は」と改めて紹介する。

「大貫寛子《おおぬきひろこ》さんです。――説明すると長くなるんで触りだけ言うと、例の寿命を宣言され、それが見事的中して亡くなられた『寛子』さんで、ただ、僕としては、そんな前もって宣告されたような死が本当に妥当なものなのかどうかが気になってしまい、念のため、もう一度閻魔様に確認しようと思って、その間、ひとまずここにいてもらうことにしたんです」

「……ふうん」

篁にしては、どことなくもの思わしげな相槌《あいづち》であったため、結人は、一瞬、ヒヤリとする。篁が怒っているように思えたからだ。店の鍵は、緊急時に備え、前もって預かっていたのだが、だからといって、勝手に店を使っていいわけではなく、やはり、せめて一言断りを入れるべきであった。

猛省する結人であるが、どうやら、篁の興味は他のところにあったようだ。

「君が閻魔にねえ……」

複雑そうにつぶやいた篁が、「二人は」と続けた。

「いつの間に、そんなに仲よくなっていたんだい？」

「え？」

別に仲よくなったわけではなく、一方的にこき使われていただけだが、ひとまず結人は答えた。

「いつの間にというか、夢で閻魔様に呼ばれて以来、です」

「……夢で呼ばれた。なるほど、そういうことか」

そこで瞳を伏せて考え込んだ篁が、ややあって告げる。

「まったくね、僕がちょっと留守にしていた間にいろいろとあったようで、興味は尽きないけど、まずは、彼女――大貫さん？――の魂をどうにかしてやらないと」

言いながら、黒曜石のような瞳で大貫寛子を見つめた篁が、「ということで」と結人に宣言した。

「『殯《もがり》』の準備だ、結人」

「え？」

驚いた結人が訊き返す。

「『殯』を施すんですか？」

「ああ」

「でも、閻魔様は――」

言い募ろうとした結人を人差し指をあげて制した篁が、「いいから、結人」と告げる。

「僕たちの手で、彼女の魂を安らかにしてあげよう」

3

一時間後。

コトン、と。

静かな音を立て、篁が大貫寛子の前に惣菜《そうざい》の載った白いお皿を置いた。

暗くした店内を照らすのは一本の蠟燭《ろうそく》だけという中で、オレンジ色の灯火に照らされた惣菜が、淡い輝きを帯びている。

炒《い》った銀杏《ぎんなん》。

イカの塩辛。

肉の燻製《くんせい》。

栗《くり》の甘露煮。

どれもひどくおいしそうに見えるが、これらはすべて死者の魂に饗《あえ》すために冥界の竈《かまど》で炊かれたものばかりで、食べると、いわゆる『黄泉戸喫《よもつへぐい》』をすることになる。ゆえに、もし、生きている人間がこれらのうちのどれかを口にした場合、二度とこの世界では生きていけなくなるはずだ。

それを、篁は、熱燗《あっかん》とともに寛子に勧めた。

「さあ、どうぞ」

「……どうも」

彼女は、なぜ自分がここで食事を振る舞われているのかわからないまま、「そういえば」と嬉しそうにお酒に口をつけた。

「さっきから、私、すごく喉《のど》が渇いていたの」

「そうですか」

篁が、静かにお酒のお代わりを注ぐ。

それを満足そうに眺めながら、寛子が言った。

「おいしいお酒とおいしいおつまみ。最高だわ。まさに、極楽浄土。――これなら、私の本当の『最後の晩餐《ばんさん》』として、大満足よ」

それに対し、カウンターの中にいる篁と扉の前に立つ結人が、雄弁な表情で顔を見合わせる。まさに、彼女の言うとおりだったからだ。

彼らは、現在、大貫寛子のために「殯」を施しているところである。

一般には、天皇に対して奉られる葬送儀礼と考えられている「殯」だが、かつての日本では、死者の魂を鎮めるために当たり前に行われていた。その「殯」を、現代の言葉でわかりやすく言うと、魂を洗濯機に入れて洗い、こびりついている記憶やら罪の意識やら心残りなどを取り除き、まっさらな状態に戻して解放してやることであった。

そして、現代の日本において、その術を施せるのが、「遊部《あそびべ》」と呼ばれる「殯」の一族の末裔《まつえい》である結人と篁の二人だけなのだ。

しかも、最近その事実を知ったばかりの結人は、まだまだ半人前で、死者に食べ物を饗して魂を清める「余比《よひ》」の役は無理であるため、もっぱら「禰義《ねぎ》」として、「遊部」の末裔に代々伝わる「桃神《とうじん》の剣」と儀礼用の鉾《ほこ》を持って出入り口をふさぎ、万が一、死者の魂が暴れた時に、それを制する役目を負っていた。

つまり、「殯」とは、時に危険を伴う作業なのだ。

そうまでして「殯」を施す利点は、順番待ちの末に行われる裁判やそこで言い渡される刑罰など、地獄での煩雑《はんざつ》な手続きや責め苦を経ることなく、死者の魂が次の生へと転化できることだった。

言い換えると、「地獄行きスルーのための浄化」である。

ただ、それゆえ、冥府との軋轢《あつれき》を生むこともしばしばで、地上での「殯」の実施には慎重にならざるをえない。「遊部」が早い段階で歴史上から姿を消したのも、まさに、仏教の伝来で死者の国の制度が冥府の管轄になったためで、篁も、ふだんであればおとなしく冥府の指示に従っている。

それなのに、なぜ、大貫寛子には、「殯」を施すことにしたのか。

今回、閻魔は、一言もそんな指示を出していない。

そこを敢《あ》えて強行した真意はわからないし、あとで閻魔にどう言い訳するのか、結人はちょっとヒヤヒヤしている。

集中力が足りていない結人の前で、篁がそつなく「殯」を進めていく。

「お客様、今、ここにいて、なにか心残りに思うことはありますか？」

「心残り……？」

つまみを口にしながら少し考えた寛子が、切なく笑う。

「心残りなら、たくさんあるわよ」

揺らめく灯火を受け、どこかこの世のものならぬ雰囲気《ふんいき》を湛《たた》えた篁が、「それは」と静かな声で質問を続けた。

「たとえば、どのようなことでしょう？」

「たとえば、そうねえ」

熱燗に伸ばしかけた手を止め、彼女は人差し指をあげて答える。

「まずは、彼氏かしら。臆病《おくびょう》にならないで、気になる男性とどんどんお付き合いして、結婚の一つもしておけばよかったって思うわ。——どうも、あと一歩が踏み出せなくて、誰ともきちんとお付き合いせずに終わってしまったから」

「そうですか。でも、大丈夫ですよ。運命の相手とは、いつかまたきっと会えますから」

すると、期待を込めて篁を見た寛子が、確認する。

「本当に？」

「本当です」

「本当にそう思う？」

「はい。運命の相手というのは、何度転生しても出会うものですから。――現世で会えなかったのは、見分ける目を持つまでは修行が進まなかったからです」

「修行……？」

思ってもみなかったように繰り返した寛子が、「ふうん」と感慨深げに言う。

「面白い。そういうものなのかしら」

「ええ。そういうものですよ」

「……なるほどねえ」

どこかホッとした様子で受け入れた寛子は「でも、それなら」と、その場で一つ未練を切り捨てる。

「そういうものだと思って、来世に期待しようっと」

それから、再び篁の注いだお酒を飲み、「あと」と心残りを告白する。

「こんなに早く死ぬなら、貯金なんてしてないで、海外旅行にでも行けばよかったな。行ってみたい国は、たくさんあったの。――きっと、いつか行けるはずだと考えていたんだけど、『いつか』なんてあやふやな日は来ないのね。知らなかった」

「お客様は」と分析した。

「誰か、もっと早く教えてくれたらよかったのに」

恨み言を穏やかな表情で聞き流した篁が、暗がりで眇《すが》めた目を向けながら、「お客様は」と分析した。

「実は、動き回っているのがお好きなようですね」

「え、そうかしら?」

納得がいかなそうに首をかしげた寛子が、「でも」と反論する。

「どちらかというと臆病で、あまりあちこち出歩いたりはしないほうよ。――いえ、しなかったほうよ」

現在形で言ったあと、彼女はすぐに過去形に言い替えた。

篁が応じる。

「それは、本来の性質というよりは、育ってきた過程で慎重な人間になるよう、かなり厳しく指導を受けたからでしょう。でも、お話を聞く限り、貴女《あなた》の魂は、本当は危険なんか気にせず、自由に飛び回りたかったはずです。むしろ、自由に動き回ることで、直感が冴《さ》え、危険を回避できるようになる方とお見受けしました」

「そうなの?」

「はい。――だから、なにをしていても、気が急《せ》いていたんでしょう」

「――あ！」

驚いたように篁を見た寛子が、「なんか、それ」とつぶやいた。

「すごくわかる気がする。……というか、なにかが、ストンと落ちたかも」

それから、カウンターの上に両手で頬杖《ほおづえ》をつき、「う～ん、そうか」と至極残念そうに続けた。

「私ってね、小さい頃から落ち着きがなくて、よく親や先生に、『廊下は走るな』って注意を受けていたのよ。でも、そんな言葉、ぜんぜん気にしていなくて、大人になってからも、いつも慌てていたかもしれない。待ち合わせだって、たいてい時間ぎりぎりで、あっちでもこっちでも、慌てて走っている自分がいたわ」

「そうですか」

話をうながすための相槌を打った篁に、寛子がぼんやりとした目を向けて言う。

「今思えば、なんでかわからないけど、いつも焦りがあって、とにかく早くなにかしないといけないように感じていた気がする。――だけど、もしかしたら、それって、今、マスターが言ったように、心と身体がうまくかみ合っていなかったせいなのかも」

寛子は、もうお酒もつまみも口にせず、ただ自分の考えに浸っているようだった。

そして、扉のところから見守る結人には、そんな彼女の輪郭が、徐々に揺らいでいくのがわかった。

魂が、大貫寛子という個を削《そ》ぎ落とし、自然界に溶け込もうとしているのだ。

寛子が言う。

「その焦りのせいで、人生の中で、あれほどたびたび『走らないように』って忠告を受けていたのに、私は聞き入れず、直そうとしなかった。──でも、もし、どこかでそれを受け入れて直していれば、きっと、あの瞬間、走り出さなかっただろうし、そうしたら、車に轢《ひ》かれることもなかったかもしれない。そう思うと、なんだか悔しい……。意味のない焦りのせいで、私は命を落としてしまった」

もちろん、選択した結果がどうなるかは、誰にもわからない。だが、寛子の言っていることは、あながち間違っていないように、結人には思えた。

そのことを肯定するように、篁が口にする。

「大丈夫。次は、きっとできますよ」

「次?」

彼女が、疑わしげに訊く。

「私に、次がある?」

「もちろん」

「……絶対?」

「ええ。絶対です。気づいたところが、スタート地点ですから」

肯定した篁が、すでにほとんど形を留《とど》めていない寛子に向かって訊く。

「あと、他にまだ、心残りはありますか？」

「……ええ、あるわ」

空間に溶け込みながら、寛子が言う。

「たいしたことではないけど、お母さんに『ありがとうと、もう、泣かないで』って伝えたい……」

その言葉を最後に、大貫寛子の魂が消えた。

あとには、誰もいなくなったカウンターの上に、食べかけのつまみと飲みかけの熱燗だけが残されている。

そこで、フッと蠟燭を吹き消した篁が、暗がりの中で告げる。

「ご安心ください、お客様。お気持ちは、たった今、お母様に伝わりましたよ――」

## 4

大貫寛子に対する「殯」を終えた彼らは、「あおやぎ亭」のカウンターの横にある小さな扉の奥に隠されていた階段をおり、生身の姿で冥府へと向かう。その際、篁は、黒いカーディガンの代わりに金糸《きんし》銀糸で刺繍《ししゅう》の施された冥官服《みょうかんふく》をまとい、結人にも、光沢のある黒い石を刺繍した薄墨色の冥官服を羽織らせた。その石は鉱石の欠片《かけら》で、いっさいの邪を寄せ付けないらしい。

おっかなびっくり暗い階段をおりていく道々、結人が感心して言う。

「知らなかったです。——ていうか、あの占い師が叫んでいたとおり、『あおやぎ亭』の店内に井戸があったんですね」

「うん。江戸時代は、井戸として機能していたようだけど、今は、こうして冥界との行き来に使われている」

つまり、霊道が通じているという篁天啓の言い分は、正しかったわけだ。

結人が、「でも、よかった」と言う。

「なにが?」

「魂だけの時は、考えることなく冥界へ降りていけたけど、肉体に戻ったとたん、行き方がわからなくなって、途方に暮れていたんです」

「ああ、まあ、そうだろうね」

応じた篁が、前を歩きながら教える。

「どうやら、君は閻魔に『走無常《そうむじょう》』として使われていたようだから」

「『走無常』？」

繰り返した結人が訊く。

「なんですか、それ」

「君のように、生きながら冥府にこき使われる人間のことだよ」

身も蓋《ふた》もない言い方をした篁が、すぐにきちんとした説明をしてくれる。

「冥府には、『冥籍《みょうせき》』という戸籍があって、そこに登録された魂は幽鬼として冥界で働くことになるのだけど、彼らは、冥府からの呼び出し状を持って死者のもとに赴く、いわば死神のような役目も負っているんだ」

「ああ、前に一度、見たことがあります」

そんな獄卒に死者と間違われ、結人は生きたまま、冥府へと連れてこられたのだ。

うなずいた篁が、「そんな彼らのことを」と続けた。

「『死』を、時に『無常』ということから『無常鬼』と呼ぶわけだが、人手不足が深刻な冥府は、たまに、生きている人間の魂を夢で呼び寄せ、彼らを使って死者の魂を回収することがあるんだ」

「そうか。僕が夢で呼ばれたのも――」

結人が言うと、篁が「そのとおり」と認めて続ける。

「君を含めた生者の魂は、まだ活力があることから、死者の魂とは別に、『活無常』や『陽無常』などと呼ばれ、さらに、あちこち走りまわらされることから『走無常』などと呼ばれるんだ」

「な〜るほど」

納得した結人が、「それなら」と訊く。

「篁さんは？」

「僕が、『走無常』なのかって？」

「はい」

「違うよ。僕は、夢を通じて操られているわけではなく、自らの意思で冥界に出向いているので、『走無常』にはならない。――もちろん、今の君も」

「そっか」

結人には、二つの違いがよくわからなかったし、むしろ、「走無常」の時のほうが、あちこちゆくのに便利であった気もしたが、篁にとって、そこは絶対に譲れない大きな違いであるらしい。

篁が、「それで」と尋ねる。

「話を事の発端に戻すと、僕にメールをくれたのは、もしかして、冥府への道を訊くためだったのかい？」

「あ、それもありますが、それ以上に大変なことが起きていて、僕、ちょっとパニックになりかけていたんです。――考えてみれば、今もですけど」

明彦のことで頭がいっぱいだった時は、大貫寛子の存在を忘れ、大貫寛子のことで手一杯の時は、明彦のことが、一瞬頭から抜け落ちてしまう。ある意味、効率的といえば効率的な脳である気もするが、正直、ちょっと情けない。

反省する結人に、篁が訊き返す。

「大変なこと？」

「そうなんです。聞いてください」

そこで、結人は、いつまで続くのかわからない階段をおりながら、明彦の肉体と魂がおかしなことになっている件について話して聞かせた。

聞き終わったところで、篁が「なるほど」と応じる。

「典型的な『借屍還魂《しゃくしかんこん》』だな」

「『借屍還魂』？」

結人には、その言葉の意味がわからなかったが、冥府で閻魔も同じ言葉を使っていたので、そういうことなのだろう。

　結人が尋ねる。

「なんですか、その『借屍還魂』というのは？」

「冥界の用語で、死者の魂が、さまざまな事情から別の肉体を乗っ取ることを言うんだけど、『屍《しかばね》を借りる』という字を見てもわかるとおり、本来は、死者の肉体が対象なんだ。ただ、稀《まれ》に失神や昏倒《こんとう》で魂が抜けてしまっただけの、まだ生きている人間の身体が乗っ取られる場合があって、今回はそのケースということのようだね」

　そこで一度言葉を切った篁が、結人の話を整理する。

「つまり、今回、川に流されて死にかけた子どもの魂を川縁《かわべり》で拾った獄卒が、生死の境にいるその子の肉体のもとに届けに行ったら、そこにはすでに、『あさひなあきひこ』を名乗る魂が入っていて、その魂の本来の持ち主であると思われる君の従兄弟——朝比奈《あさひな》明彦の肉体は、現在行方不明中ということか」

「そうです。そのとおり」

　とてもややこしく、結人の中で、ともすればこんがらがってしまいそうなことを、篁はいとも整然とまとめてくれた。

　なおかつ、思わぬ疑問も投げかけてくれる。

「となると、問題は、君の従兄弟の肉体が、今、どういう状態にあるのかという点だな」

「……どういうことですか？」

　結人が訊き返すと、篁は二つの可能性を口にした。

「一つは、魂を失った肉体が、どこかで瀕死《ひんし》の状態にある。その場合、下手に死亡宣告されてしまう前に見つけ出さないと大変なことになるだろう」

「そうなんですよ、それで、慌てていて」

　応じた結人の前に人差し指を立て、「二つ目は」と篁が言う。

「朝比奈明彦の肉体は、依然魂を失わず、己の意志で動いている」

「……己の意志で動いている？」

　繰り返した結人が、「え、それって」と戸惑いを見せた。

「明彦の魂が、二つあるっていうことですか？」

「というか、そもそも、初めから違う魂が入っていたことになるわけだけど……、君、以前、従兄弟が川で溺《おぼ》れて死にかけた話をしてくれたね？」

「あ、はい」

「その時、君が『魂呼び』で抜け出た魂を引き戻した」

　既知のことに対し黙ってうなずいた結人に、篁が「それが」と確認する。

「今回問題になっている、朝比奈明彦？」

「そうです」

「それなら、君、『魂呼び』をした際、彼の魂が、彼の肉体に入るところを見た？」

「――いえ」

考えながら、結人が答える。

「対岸にいたアキの魂が消えたのとほぼ同時に、こちら側で横たわっていた肉体のほうが息を吹き返したというだけで、実際に入り込むところは見ていません」

言い終わった結人が、遅れて「え？」と驚きを露《あらわ》にする。

「もしかして、その時に、なんだっけ、その『借屍なんとか』で、違う魂が入ってしまったということですか？」

「可能性は、否定できない」

存外、深刻そうな声音で肯定した篁が、「ちなみに」と尋ねた。

「君の従兄弟が溺れたのは、どこ？」

「奥多摩《おくたま》です」

「それなら、なおさら、その可能性は高いな。――というのも、今回、僕のところに入っている報告によれば、『あさひなあきひこ』を名乗る魂が入っている少年が溺れたのも同じ奥多摩なんだ。つまり、君の従兄弟の魂は、君が『魂呼び』をした際、肉体に戻ろうとして行き場を失い、長い年月、その場に留まっていた可能性がある。それが、今回、溺れて魂が抜けた少年の中に入り込んだ」

「そんな、まさか――」

衝撃を受けて立ち止まった結人を振り返り、篁が歩くよううながすために手を差し伸べながら「まあ」となだめる。

「慌てずとも、今言ったことは、まだ推測の段階に過ぎない。そのことをたしかめるために、僕が呼び戻されたのだし、万が一、君の従兄弟が本来の魂を失っているにしても、幸い、その魂自体は、こうして再び出てきたのだから、二人でもとに戻してやればいい」

「……それはそうなんですけど」

ただ、そうなると、約十年というもの、結人は明彦のなにを見てきたのだろうか。

魂と肉体。

その二つの違いは、なんなのか――。

結人が尋ねる。

「ねえ、篁さん」

「ん？」

「もし、アキの魂が別にあるとして、それなら、今まで彼の中にいたのは、いったい誰なんでしょう？」

「いい質問だ」

応じた篁が、「おそらく」と続ける。

「かつて、その川で溺死《できし》したとみなされた者の魂だろう」

「溺死したとみなされた者？」

その微妙な言い回しに気づいて、結人が訊き返す。

「それって、実際は、死んでいないということですか？」

「いや、寿命を残したまま死んだと思われ火葬されてしまったら、それはそれで、実質的な死であるわけで、そういう意味では死んだことになるのだけど、実際、魂は残っているんだから、その場合、魂が望めば、冥府の主導で、それこそ正式に『借屍還魂』が行われたりする」

そこで結人が、「――ああ」と思い当たることがあるように相槌を打った。

「そういえば、『走無常』をしていた時に、そういうケースに当たりました。というか、最初の仕事がそれで、なんか、見ていて、ものすごい理不尽さを覚えたんですけど、でも、そうか。今の話からすると、昔からあることだったんですね」

「そうだね。昔は、もっと頻繁にあったし」

あっさり認めた篁が、「ただ」と話を進める。

「それでも、それは、あくまでも冥府が認めた『借屍還魂』だけど、稀に、溺れた者の中で、自分では水から浮かびあがれず、かといって、事実上、寿命は尽きていないので地獄からの迎えもなく、そのまま、ずっと水に沈み込んでしまう魂がある」

それはまた別の意味でなんだか怖いぞ、と結人が思う前で、篁が「そんな魂が」と教える。

「水鬼となって、機会があれば、新たにその場所で溺れた者の肉体を乗っ取り、代わりの人生を歩み始めるケースがあるんだ」

「肉体を乗っ取り……」

繰り返した結人が、つらそうに訊く。

「それなら、あの時からずっと、アキは、実際には『アキ』ではなかった……？」

「いや、う〜ん」

篁が、悩ましげに応じる。

「どうだろうね。僕は、必ずしもそうとは言えないと思うけど」

「でも、違う人間の魂が入っているんですよね？」

「そうだけど、人のアイデンティティを決めるのが、魂か肉体かは、微妙だからね。この前も言ったように、人を支配しているのは脳ではなく腸だという考えも出てきているくらいで、君にとっての『アキ』は、朝比奈明彦という肉体を持って初めて成り立つものであれば、たとえ、魂が入れ替わってしまっていたとしても、その本質はある程度変わらないと思っていいんじゃないか」

「肉体を持って初めて成り立つ……」

「少なくとも、これまで、君の話を聞いていた限りでは、君の従兄弟の場合、肉体のほうが優勢となって新たな魂を支配下に置いていたように思えるし」

そう言ってくれた篁であったが、「ただ」と声の調子を落として続ける。

「問題は、今現在、なにかがきっかけとなって、死者の魂のほうが、朝比奈明彦の肉体を支配下に置いてしまっている可能性があることだろう。だから、いつもと違う逸脱した行為に走っているんだ。そういう意味で、肉体と魂が完全に分離している今こそ、もとの魂と入れ替える絶好のチャンスでもある。――ああ、いや」

話しているうちに思いついたらしく、篁が言い添えた。

「だからなのかもしれないね」

「なにがですか？」

「いや、ここに来て、朝比奈明彦の肉体に入っている別人の魂が、行動することで己を主張し始めたのは、どこかで本来の朝比奈明彦の魂が目覚めたことを察知し、危機感を覚えたせいなのかもしれないと思って。――一種の本能的な逃避行動だろう」

「なるほど」

納得した結人に、篁が、真剣な調子で言う。

「なんであれ、このまま別人の魂に肉体を完全に乗っ取られてしまう前に、なんとか見つけ出して、もとに戻してやらないと」

「ですよね」

「そのためには、まず、『あさひなあきひこ』の魂を取り戻す必要がある」

「それはそうですけど……」

いったいどうしようというのか。

結人には、その方法がまったく思いつかなかったが、説明を受ける前に冥府に辿り着いたため、彼らはひとまず話をやめ、閻魔との謁見に臨んだ。

# 5

「つまり、なんだ」

地獄の一丁目に建つ冥府の絢爛豪華《けんらんごうか》な王の私室で、美しい刺繍の施された豪奢《ごうしゃ》なソファーに胡坐《あぐら》をかいて座る閻魔が、膝《ひざ》に頬杖をついた恰好で不機嫌そうに言った。顔が整い過ぎているだけに、そういう顔をすると、少年であっても、とても迫力がある。

「俺へのあてつけとして、大貫寛子の魂を勝手に浄化したっていうのか?」

「あてつけとは、人聞きの悪い」

縮こまる結人と違い、篁は平然と言い返した。

「ただ、そちらが、私のいない間、勝手に結人を『走無常』としてこき使っていたようなので、それは少々筋が違うのではないかと思い、彼に回収を任されていた死者の魂を、こちらのやり方で葬送したまでです」

「同じことだろう」

篁の言い分を一蹴《いっしゅう》した閻魔が、同罪とばかりに、篁の背後になかば隠れるように立っている結人をジロリと睨む。

「――告げ口したな」

「え？」

変なことで責められ、結人が慌てて応じる。

「してませんよ。——ただ、いろいろと事情があって、それまでの経緯を説明する必要があったんです」

「ほ〜ら、やっぱ、告げ口した」

鬼の首を取ったように言った閻魔を見あげ、結人は心の内でつい「子どもか！」とつぶやいてしまう。

どうやら、篁と閻魔のこの手の駆け引きは日常茶飯事であるようで、閻魔の背後に仁王像のように立っている司命《しみょう》と司録《しろく》は、ひとまず、我関せずの体で自分たちの仕事に専念していた。

しいて言えば、若干、キツネ目の司命が閻魔寄りで、眼鏡をかけた優等生風の司録が篁を擁護している感じだ。

閻魔が、「だいたいな、篁」と、ほぼ駄々をこねる口調で言う。

「俺は、『可及的速《かきゅうてきすみ》やかに参内《さんだい》しろ』と言ったはずだが、これのどこが、『可及的速やか』なんだ。お前、『可及的速やか』というのがどういう意味か、知っているか？」

「もちろん」

篁が、飄々《ひょうひょう》と応じる。

「『可及的速やか』は、『できる限り急いで』ということで、これでも、可能な限り急いで参内したつもりです」

「だから、どこが急いだのかって言ってんの。つまり、ぶっちゃけ、来るのが遅い！」

「それは、ご期待に沿えず、申し訳ございませんでした」

「誠意のない謝罪はいいから、理由を言え」

いちおう、誠意を込めたつもりだった篁が、片眉をあげて応じる。

「実は、あちらで少々気になることがございまして、それを調べておりました」

「——気になること？」

ごねていたわりに、素直に訊き返した閻魔に、篁も深刻そうに報告する。

「どうやら、地上に、寿命の情報が流出している模様です」

それに対し、結人が「あ、やっぱり」とつぶやき、タブレット型の端末から顔をあげた司命が、そんな結人をジロッと見てからキツネ目を細め、険呑《けんのん》に「野相公《やしょうこう》殿」と呼びかける。

「発言には十分気をつけていただきたいものですね。もし、それが事実なら、こちらの責任問題になります」

睨まれても臆《おく》せず、篁が肩をすくめて言い返す。

「どんな言葉を使ったところで同じだと思いますが、そう聞いても、そちらとしては調べる気はないのでしょうか?」

「もちろん。――情報漏れなど、あり得ない」

司命は挑戦的に言い放ったが、ソファーの上で考え込んだ閻魔が、冷静に訊く。

「たしかなのか?」

「間違いありません。――私が調べたところでは、数年前、一人の女性教祖のもとに『天《てん》命会《めいかい》』という宗教法人が誕生し、寿命を予測する占術を売りに勢力を伸ばしてきたようなのですが、実際、『天命会』に所属する占い師が宣告する寿命の予測は百発百中で、今のところ、外れ知らずだそうです。その代表が『篝天命』という占い師で、表に出ない女性教祖に代わり、『天命会』の顔となっています」

「百発百中――」

重く受け止めた閻魔がつぶやき、司命と司録が視線をかわし合う。

その間にも、篁が「もし」と淡々と話を進めた。

「自分の寿命がわかれば、年金の支払いから保険料、住宅ローンの組み方まで、あらゆる人生設計が効率的であることから、ここ一、二年は依頼が殺到し、『天命会』は、急成長を遂げました」

「ふうん」

扇で自分の頬を叩きながら聞いていた閻魔が、合いの手を入れるように切り込む。

「――で、何者なんだ、その女」

「現在は、『アメノミコ』と名乗り、正体を隠しているようですが、土地の登記簿などを見る限り、本名は、『浅川奈津子《あさかわなつこ》』といって、以前は、大学で中国の古代史を研究していたようです」

「それはまた、変わった経歴だな」

応じた閻魔の背後で、司録がなにか引っかかることがあるようにつぶやく。

「……中国の古代史」

気づいた篁が、司録のほうを向いて尋ねた。

「司録殿、なにか？」

「いや、もしかして、その女性、十数年前に、中国の泰山《たいざん》で行われた遺跡調査に関係したりしていませんか？」

「ああ、さすがですね、司録殿。見識が広くていらっしゃる」

相手の言い分を認める発言をしてから、閻魔に視線を戻しつつ、篁が答えた。

「浅川奈津子ではありませんが、当時、彼女が付き合っていた相手が、中村和幸《なかむらかずゆき》という学者で、まさにその泰山での遺跡調査に日本から参加した数少ない研究者の一人だったんです。もっとも、彼は母親が中国の人間で、生まれたのも中国の病院だったようなので、生粋の日本人よりかは、土地勘もあったでしょう。そんな彼が、調査中になにか貴重な遺物を発見し、中国政府に見つからないようこっそり日本に持ち込んだという噂があるらしく、そのことに関係しているかどうかは定かでないものの、その後、謎《なぞ》の失踪《しっそう》を遂げています」

「失踪ねえ」

繰り返した閻魔が、問う。

「で、その『貴重な遺物』とやらが、寿命を当てることと関係しているのか？」

「はい」

慇懃《いんぎん》に応じた篁が、居並ぶ面々を見渡して続ける。

「ここにいるお歴々には、敢えて説明の必要はないと思いますが、泰山といえば、中国では、初代の閻王《えんおう》が『地獄』という概念をひっさげて冥界の支配者となられる以前、死者の赴く霊山として広く知られ、東嶽大帝《とうがくたいてい》のもと、人の寿命を管理するための原簿が置かれた霊域とされていました」

「……『東嶽大帝』？」

中国の古典には疎い結人がつい不思議そうにつぶやいてしまった声を聞き逃さず、振り返った篁が、簡単に教えてくれる。

「仏教伝来以前の日本に、八百万の神々を祀《まつ》る宗教儀式や死者を弔う呪法《じゅほう》が存在したように、中国にも独自の神話体系が存在し、特に、霊山に対する信仰が古くからあったというのは、わかるよね？」

「はい」

「中でも、インドの須弥山《しゅみせん》に匹敵する泰山の人気は圧倒的で、そこを統括するのが、今言った、『東嶽大帝』、古くは『泰山府君《たいざんふくん》』と呼ばれていた神なんだ」

「あ、『泰山府君』なら知っています」

結人が嬉しそうに言い、篁が「たしかに」と認める。

「日本では、その名前のほうがポピュラーかもしれないね。——要するに、仏教以前の冥界の神と考えてくれたらいい。実際は、もう少し複雑なんだけど、中国の神話はとても一言で説明できるものではないから」

それから、再び閻魔に視線を戻して続けた。

「問題は、現在、冥府の重職にお就きの東嶽大帝が、かつての閻王様に主導権を渡す際、それに猛反対した忠臣の一人が、寿命の記された原簿の写しを持ち出し、人間界に遁走《とんそう》したという話がかねてより密かにあったことです」

「だが、あれは」

反論しかける司命を片手で制し、篁が言う。

「わかっています。あくまでも伝説に過ぎず、そもそも、現在の『禄《ろく》名簿』の基となっている原簿に写しなど存在しなかったとおっしゃりたいのでしょう」

言いたかったことを代弁された司命が深くうなずくのを見ながら、篁が「ですが、もし」と続けた。

「それが事実で、十数年前の調査の際、中村和幸が、偶然、その写しを発見し、極秘に日本に持ち込んだあと、なんらかの理由で恋人に譲っていたとしたら、どうです？」

「今回の件との辻褄《つじつま》は合うな……」

納得する閻魔のうしろで、司録が「たしかに」と応じて続けた。

「先日、司命殿は『都市伝説のようなもの』と言って取りあげませんでしたし、私も、あの時点ではさほど確信があったわけでないので引きさがりましたが、あの瞬間、そのことが頭に浮かんだのは事実です」

「いや、しかし」

そんな話は絶対に認めたくない司命が反論しかけるが、サッと手をあげてそれを制した閻魔が、篁を見つめて言う。

「もし、それが本当なら、大変なことだぞ」

「そうですね。早急に写しを取り戻す必要があるでしょう。——もちろん、今おっしゃったように、『本当なら』ということですが」

認めた篁が、「今」と続ける。

「その『アメノミコ』を名乗っている浅川奈津子に面会を申し入れているので、事実確認ができたら、またご報告にあがります」

だが、それには、閻魔が異を唱えた。

「いや、そんな悠長なことを言っている場合じゃない。——その件は、こちらでなんとか手を打とう」

「そうですか」

応じた篁が、「では」と話題を変えた。

「そっちはお任せするとして、こちらはこちらで、目の前の問題を片づけてしまいましょう。行き場を失っている少年の魂を地上の肉体に戻し、その肉体から引きずり出した『あさひなあきひこ』の魂を、現在行方不明中の朝比奈明彦の肉体に戻す。——いいかい、結人？」

後半は、背後の結人に向かって言った篁が、「その際」と再び閻魔に視線を戻して言う。

「できましたら、『無常鬼』や『走無常』あたりを地上に放ち、朝比奈明彦の肉体の所在を探っていただけると助かります」

「——わかった」

閻魔が了承する。

「やってみよう。——だから、篁、お前は、今自分で言ったことを急ぎ急ぐこと律令《りつりょう》のごとく終わらせろ。言葉どおり、『とっとと』な」

最後は、扇を振るいつつ、冥府の王としての威厳をもって命令され、その場で片膝をついた篁が謹んで拝命した。

「御意」

慌てて結人も膝をつくが、その時には篁が立ちあがって歩き出していたため、今度はあたふたとそのあとを追いかけた。

なにがなんだかわからないが、とにかく、今は、明彦の魂のために動き出したことだけはわかったので、「待ってろよ、アキ」と心の中でつぶやく。

「絶対に、もとどおりにしてあげるから」

もとどおりにしてあげるから――。

勇んで思ってみたものの、実際、どうすればいいのか、まったくわからずにいた結人であったが、篁が取った方法は、なんとも意外なものであった。

# 6

問題となっている「あさひなあきひこ」の魂が入り込んでしまった少年は、本来、「大《だい》地《ち》」という名前であったが、数日間の入院を経て、現在は、江東区《こうとうく》にある自宅に戻っているということだった。記憶に重大な障害が出ているものの、身体的には健康で、今のところ医師にできることはないと判断されたのだ。

記憶喪失もそうだが、記憶に関する種々の障害は、現代医療では、まだ明確な治療法が確立していない。もちろん、脳神経外科によるカウンセリングや経過観察は行われるものの、そのまま一生治らないこともあれば、なにかをきっかけに、あっという間にもとに戻ることもあった。

高次機能である脳の問題は、とても複雑で繊細なのだ。

大地の母親は、自分のことを別人だと思い込んでいる息子に対し、ひとまず、以前と同じ生活をさせているようである。そのことで、少しでも本当の自分を思い出してくれたらという切なる願いがあってのことであろう。

もっとも、一家の大黒柱を失ったばかりの家庭では、それも限界があり、家の中にはなんとも沈滞した空気が漂っていた。

篁と結人が、彼らのもとを訪れたのは、そんな新しい日常がぎくしゃくと進んでいる最中であった。

「ヒプノセラピー……?」

篁の話を聞きながら、母親は少々戸惑い気味に繰り返した。隣には、彼女に呼ばれてやってきた近所に住む彼女自身の父親と、彼女を慰めに来ていた実の姉が警戒気味に座っている。

だが、疑いの目を向けられても怯《ひる》むことなく、篁は実に堂々としたものだ。

「はい。ヒプノセラピー、日本語で言うところの『催眠療法』について医学的に研究しているのですが、大地君のことは、いちおう、病院のほうで話を聞き、もしかしたら、お役に立てるのではないかと思い、訪ねてみました」

研究者を名乗る篁の助手として隣に座っている結人は、一緒に話を聞きながら「これはもしや」と焦って考える。

(世に言う、『詐欺』というものではなかろうか)

篁が言った「病院のほうで」というのも詐欺師の常套句《じょうとうく》で、けっして「病院で」聞いたわけではないし、そもそも、篁が「ヒプノなんちゃら」の研究者というのだって、今まで聞いたことがない。

つまり、自分はこれから、生まれて初めて詐欺の片棒を担ぐのだと思ったが、それもこれも、明彦のためだと思えば、覚悟はできている。それに、詐欺といっても、この善良そうな人たちから大金をだまし取ろうとしているわけではなく、彼らの子どもの魂を、もとの身体に戻す手伝いをするために、どうしても必要なことなのだ。

そこで、彼はおとなしく、篁先生の助手らしく振る舞っていた。

「催眠療法《ヒプノセラピー》は、日本ではまだあまり認知されていませんし、中には、心理療法士としての正式な資格もなく『ヒプノセラピスト』を名乗り、スピリチュアルなことに偏《かたよ》ったセラピーを行う人もいるようですが、欧米ではかなり研究が勧められていて、臨床現場でもそれなりに成果をあげている分野です。ただ、その成果については、明確に出る場合と、あまり発揮しない場合があって、しかも、症状によってというよりは、個人差が強く出る分野ですので、必ずしも成功するとはいえませんが、試してみる価値は十分あると思います」

淀《よど》みない篁の説明は、まるで本物の研究者のようで、全部嘘だとわかっている結人でさえ、思わず信頼してしまいそうだった。

母親が、「でも」と残念そうに尋ねる。

「……治療費、保険とか利かないんですよね？」

日本は、医療保険制度が整っていて、たいていの治療は個人負担が低くて済むが、保険適応外となると話は別だ。

いきなり、高額治療となることも多い。

篁が、「それは、場合にもよりますが」と応じる。

「ただ、研究に協力していただくという形で、治療結果を論文に載せることさえ許可していただければ、治療費はいただかずに済みます。――ああ、もちろん、個人情報や個人を特定できるようなものは、いっさい載せません。あくまでも、成果を症例として紹介したいだけですから」

それを聞き、三人が顔を見合わせる。

どうやら、多少高額でもある程度までは出そうという気になっていたようだが、まさか無料で治療を受けられるとは思わなかったのだろう。もっとも、そのことで、逆に疑いを抱いたのか、彼女の姉が「研究ということは」とおずおずと尋ねる。

「もしかして、かなりリスクを伴ったりするんですか？」

「いえ」

篁が、安心させるようにはっきりと否定した。

「リスクはいっさいありません。ご子息を催眠状態にして現状を認識させ、かつての記憶が戻れば成功、戻らなければ失敗という、ただそれだけで、現状より悪くなることは絶対にないと断言できますよ」

それは、言い換えると、魂の入れ替えができれば成功、できなければ失敗で、それぞれの魂はもとのままということだ。

たしかに、騙すようであるのは気が引けるとはいえ、案外、この方法はベストなのかもしれないと結人は思い始めた。なんといっても、事情を正直に話せば、むしろ、胡散臭さが勝って、きっと相手にしてもらえない。それで子どもの魂が肉体に戻せなくなるくらいなら、方法はどうあれ、子どもの魂が戻れる可能性が高いほうを選ぶべきだろう。

己の罪悪感にさえ目をつぶれば、すべて万々歳だ。

その場に篁と結人を残し、別室でしばらく相談していた三人は、戻ってくると、息子を被験者にする同意書にサインした。

これで第一段階は突破したことになり、あとは、催眠状態にした子どもから、「あさひなあきひこ」の魂を引きはがし、「大地」の魂を入れれば終わりだ。

子ども部屋に行くと、そこに、二人が冥界からずっと連れて歩いている子どもの魂と瓜《うり》二《ふた》つの顔形をした少年が寝ていた。それも当然で、つい最近まで、この二人は一人の少年であったのだ。

どうやら昼寝の最中だったらしく、母親が「あら、ごめんなさい。今、起こすわね」と言って部屋の中に入りかけたが、それを制し、篁が、「これならこれで」と告げる。

「眠らせる手間が省けるので、そのままでけっこうですよ」

「え、でも……」

戸惑う母親をその場に残し、篁は一人で部屋に踏み込んでいく。それから、眠っている少年の枕元《まくらもと》に立つと、額に手を置いて耳元で囁いた。

「……明彦君、明彦君、君は、今、どんどん身体が重くなっている。重くなって、重くなって、足も手もまったく動かない。誰かに呼ばれても身体は動かず、心だけが、呼んでいる人のところまで飛んでいく。心は軽く、ふわりと飛び出す。——いいかい？」

そこで、顔をあげて結人を見た篁が、「結人」と呼んで指示を出す。

「中にいる『彼』を呼んで」

そこで、ドアの前に立っていた結人が、「あさひなあきひこ」の魂に呼びかけた。

いわゆる「魂呼び」だ。

ただし、今の場合、肉体に入れるためではなく、そこから引きずり出すための「魂呼び」であった。

「アキ」

結人が呼ぶ。

「アキ」

心を込めて、呼ぶ。

「そこにいるんだろう、アキ、出てきて、僕のところに来い、朝比奈明彦、起きてこっちに来るんだ」

最後は、少し強めの言い方で呼び出した。

すると、不思議なことに、寝ている少年の身体から剝《は》がれるように、別の少年が起きあがり、その場でひとまずきょろきょろとあたりを見まわした。

ただし、その様子が見えているのは、死者の魂を見ることができる結人と篁の二人だけで、他の三人の瞳には、それまでとなんら変わらない景色が映っているはずだ。

そんな中、起きあがった明彦の魂を見て、結人は思わずもう一度名前を呼んでいた。しかも、かなり訝《いぶか》しげに――。

「え、アキ⁉」

なぜなら、予想に反してというか、ある意味、予想どおりではあるのだが、そこに見えたのは、結人が最近見知っていた大学生の明彦ではなく、幼い頃の明彦――もっと言ってしまえば、あの時のままの明彦だったからだ。

「あの時のまま」というのは、もちろん、明彦が危うく死にかけた、あの水難事故があった時のことである。

結人は、今でも時々その時の光景を夢に見るので、間違えようがない。

シャツも。

ズボンも。

靴下も。

なに一つ変わっていない、あの日の明彦だ。

川向こうに見た、明彦の魂――。

（……デジャヴ）

内心でつぶやいた結人に気づいた明彦の魂が、目を大きく見開き、スッと子どもの肉体から離れてこっちにやってきた。

近くに立ち、上から見おろす結人を見あげて、訊く。

「……お前、結人？」

うなずく結人を、彼が意外そうに眺める。

「なんか、デカい気がするんだけど」

「ああ、うん、そうかも」

そこで、結人は、ひとまず明彦の魂を連れて廊下に出る。

そうでもしないと、事態を把握していない三人から、独り言を言う胡散臭い奴だと思われてしまうからだ。

子ども部屋から少し距離を取ったところで、結人が、念のため、スマートフォンを片手に明彦の相手をする。そうすれば、万が一、しゃべっているところを見られても、電話で話していると勝手に思ってもらえる。

落ち着いたところで、結人が謝った。

「アキ、本当にごめん、こんなことになって」

「なにが？」

訊き返した明彦の魂が、結人のまわりを動き回り、もの珍しそうに観察しながら訊き返す。

「なにを謝っているのかが、俺にはわからないんだけど」

「もちろん、ずっと気づかなかったことだよ」

すると、ピタッと足を止めた明彦が、「ずっと……」とつぶやいて、自分の手足に視線を移した。

それから、顔をあげて言う。

「やっぱ、そうか。思い過ごしではなく、俺、溺れたあの時から、ぜんぜん成長していないんだな？」

「うん」

そこで、背後の子ども部屋を振り返った明彦が、「なんか」と言う。

「変だと思っていたんだ。俺、ぜんぜん俺じゃなかったし、親も真明もお前もどこにもいないから、自分がおかしくなったんだとばかり思っていた」

「そうじゃないよ、アキ」

結人は真剣に応じ、申し訳なさそうに続けた。

「アキがおかしくなったんじゃなく、僕が間違えたんだ」

それに対し、「だろうな」と冷ややかな肯定が返ってくるかと思いきや、少し考えた明彦が、「いや」と否定した。

「お前は、たぶん、間違っていない。お前が、俺を呼び戻そうとした声は、今もはっきりと耳に残っているから。――ただ、戻ろうとした俺を邪魔した奴がいたんだ」

「邪魔した奴?」

「ああ」

悔しそうに言った明彦が、「あれは」と続ける。勝ち気なガキ大将であるところは、以前とまったく変わっていない。

「あの川にいたなにかだろう。お前に呼ばれて戻ろうとした俺を引っ張って川に沈め、代わりに自分が出ていった」

この数日で、いろいろなことを思い出したらしい明彦の話を聞き、結人は、篁の推理が当たっていたことを知る。

それにしても、魂が入れ替わったことにも気づかず、彼はずっと、明彦ではない誰かを明彦と信じて接してきたのだ。愚かしいにも程がある。

　明彦が訊く。

「それなら、俺はもう死んだのか？」

「まさか！」

　結人が、安心させるように教えた。

「アキの身体は、この世ですくすくと育って、今では立派な大学生になっている。心配しなくていいよ。もうすぐ戻れるから」

「……へえ」

　だが、聡《さと》い明彦は、そんな朗報も手放しでは喜ばず、そこに厳然と存在する一つの問題に着目して問《と》い質《ただ》した。

「でも、それなら、あの時、川で俺のことを押しのけ、肉体を乗っ取って今に至っているそいつは、いったい誰なんだ」

# 7

結人が明彦の魂と廊下でしゃべっている間、篁は「魂呼び」で浮遊していた魂を肉体に戻してしまうと、子どもが記憶を取り戻したことを喜ぶ母親たちをその場に残して部屋を出てきた。

「結人」

「篁さん」

声をかけられた結人が、子ども部屋のほうを見て訊く。

「大丈夫でしたか？」

「ああ、終わったよ。子どもの魂であれば、造作もない」

篁が言うには、まだ魂が安定せず浮遊しやすい子どもの魂は、出るのも早ければ、戻るのも早いらしい。

下手をしたら、「魂呼び」をする前に潜り込んでしまうこともあるそうだ。

「あおやぎ亭」へと戻る道々、車を運転する篁に、結人が思っていたことを訊く。明彦の魂は、疲れてしまったのか、後部座席ですやすやと寝ている。

「そういえば、篁さんって、涼しい顔をして嘘をつくのが上手ですね」

チラッとこちらに視線を流した篁が、若干不満そうに訊き返した。

「もしかして、ヒプノセラピーのことかい？」

「はい。僕ですら、すっかり騙されそうでした」

「そう言われてもあまり嬉しくないけど、嘘も方便だからね。使い方しだいで、とてもいい潤滑油になる。——それに」

篁は、交差点で左折しながら付け足した。

「必ずしも、全部が全部、嘘ではないし」

「そうなんですか？」

「うん。以前から睡眠中に見る夢に興味があって、その延長線上のこととして、近年、大学の心理学科で催眠療法について学んだんだ。——いちおう、これでも、臨床心理士の資格だって持っているし」

「——冗談ですよね？」

「本当」

あっさり応じた篁が、続ける。

「それに、あくまでも趣味の一環のつもりだったけど、案外便利で、さっき君も感じたと思うけど、冥府の手違いで入れ替わってしまった魂を元に戻すのに、催眠療法というのはいい口実になる」

「たしかに」

結人が認めると、「それまでは」と篁が長年の苦労を告白する。

「魂の入れ替えそのものより、いかに、こちらの存在を被害者の家族に納得させるかのほうが大変だったくらいで、どうしても、修験道《しゅげんどう》のような宗教関係者を名乗るしか方法がなかったからね」

「修験道……」

言われてみれば、いきなり「魂の入れ替えに来ました〜」と告げたところで、誰もまともに取り合ってはくれないだろう。

「それでも」と篁が続ける。

「迷信深かった江戸時代くらいまでは良かったんだけど、近年、科学絶対主義が台頭するようになってからは、目に見えないものを忌避する風潮が高まり、加持祈禱《かじきとう》などの宗教がかったものを受け入れないだけでなく、精神的なことが原因で起きる様々な疾患には目を向けないようになっていったため、本当に一般の人間にアプローチするのが難しい時期があったんだ」

「それは、本当に大変そうですね」

「うん。大変だった」

肯定した篁が、「そういう意味で」と言う。

「最近のように、見まわせば、そこここにメンタル・クリニックがあって、様々な人たちが『カウンセラー』を名乗っていられる時代は、助かるよ。僕でも、ああやって医療系の研究者を名乗れるし、なにより、それをすんなり受け入れてもらえる」

「なるほどねえ」

受け入れてもらえるのは、ひとえに篁の人徳であって、ふつうの人間では、ああはいかないだろう。

知られざる篁の一面を垣間見て、結人は、今まで以上にこの歴史上の人物に対する親近感を覚えた。

同時に、千年生きてもまだ勉強をしている篁に感心する。

エリートは、何年生きようと、エリートなのだ。

そうこうするうちにも、「あおやぎ亭」の前まで来た彼らは、近くの月極《つきぎ》め駐車場で車を降り、徒歩で店へと向かう。ひとまず、そこに明彦の魂を置いて、それを戻すための肉体捜しに加わる必要があったからだ。

だが、店の扉をあけようとしたところで、篁の動きが止まり、ひどく警戒した表情になってつぶやいた。

「鍵が、開いている……？」

驚いた結人が、うしろから篁の手元を覗《のぞ》きこみながら言った。

「え、でも、出る時、篁さん、閉めていましたよね？」

「閉めたし」

そこで、鍵穴のほうに視線を流して続けた。

「そもそも、かけた、かけていない以前に、鍵穴が壊されている」

「壊されているって――」

つまり、店に強盗が入ったということか。

この店に、強盗などの悪い気が侵入するとは思えなかったが、よほどのつわものがいたようだ。

結人と顔を見合わせた篁が、慎重に扉を開いて、中の様子をうかがう。

幸い、犯人はすでにいなかった。ただ、店内はかなり荒らされていて、見るも無残な状態だ。

椅子《いす》が倒され、あらゆるものが、床に散らばっている。

「……うわ、ひどい」

あとから入った結人がつぶやくのを聞きながら、篁は、足元に転がっていた木彫りのお地蔵様を取りあげ、真っ先にカウンターの上に置く。

仏を床に投げ出すなど、敬意もなにもあったものではない。

篁の脇《わき》をすり抜け店の奥へと進んだ結人が、まず、倒れていた椅子をもとに戻し、それから、落ちているものを拾いあげていく。

拾いながら、篁に言う。

「篁さん、盗《と》られたものは、ありますか。——あれば、警察に」

「ああ、うん、そうだね。盗られたものは別に……」

あまり興味がなさそうに応じた篁が、すっと黒曜石のように底光りする瞳を細め、ゆっくりと店内に視線を巡らせた。第三の冥官として、あるいは、地上に残された「遊部」の一人として、死者の匂《にお》いに敏感な篁の鼻先をかすめた香りがある。

（最近、ここを死者が通った——？）

だが、死者なら、わざわざ錠を壊して入らなくても、壁をすり抜けて入ってくれば済むはずだ。

それに、この荒らされ方は、騒霊現象《ポルターガイスト》とはちょっと趣が異なる気がした。

（荒らしたのは生身の人間で、通ったのは死者……？）

そんな矛盾した考えを持ちつつ、慎重にあたりを検分していた篁の視線が、カウンターのところで止まった。

そのあたりからじわじわと漂ってくる、強烈な重力比の偏り——。

しばらくじっと睨みつけていた篁が、その時、ハッとしたように動き、急いでカウンターの中に入った。

次の瞬間。

「――やられた」

痛恨の一言が漏れる。

床の上のものをひとつひとつ拾いあげていた結人が、その手を止め、そんな篁に声をかける。

「大丈夫ですか、篁さん?」

「いや」

珍しく首を横に振った篁が、苦笑して言い添えた。

「とても、『大丈夫』とは言えそうにない」

「そうなんですか?」

「うん。かなり、ヤバい」

常日頃冷静沈着な篁からはけっして聞けない言葉を聞き、心配になった結人が、拾ったものを抱えたままカウンターのそばまでやってくる。

その顔を見おろし、篁が重大な事実を突き付ける。

「どうやら、誰かが、この店にある井戸を伝い冥界へと侵入したらしい」

# 8

「侵入された、ねえ」

　篁から報告を受けた閻魔が、御坐の中で呆《あき》れ返《かえ》る。ただ、その様子が、どことなく楽しそうに見えるのは、結人の気のせいか。

「大変申し訳ございません。完全にこちらの落ち度です」

　片膝をついて謝罪する篁を見おろし、閻魔が扇で口元を隠しながら嫌味を繰り出す。

「たしかに。お前にしては、珍しく大失態だな」

「はい」

「もしかして、久々に相棒ができて、浮かれていたか？」

　それには答えず、篁は、静かに下を向いている。金糸銀糸の施された黒い冥官服が、篁の知的な相貌《そうぼう》を引き立てるため、そうして頭を垂れていても、どこか品格がある。

　そんな篁が気の毒で、結人がつい横から口をはさんだ。

「閻魔様。篁さんは、悪くないですよ。だって、鍵を閉め忘れたわけではなく、錠を壊されて侵入されたんですから」

　司命と司録が口出しする結人を止めるかどうかで悩んでいる間に、つまらなそうな顔つきになった閻魔が、「で？」と訊いた。現在、お白洲《しらす》は休廷となっていて、広間はガランとしている。

「侵入者に心当たりはあるのか？」

「――ございます」

一瞬の間のあとで、篁が認める。

「誰だ？」

「『天命会』にかかわる誰かでしょう」

「『天命会』？」

おぼろげな様子で繰り返した閻魔が、こめかみに人差し指を当てたあと、「ああ、例の」と続ける。

「寿命を当てるという女がいる宗教結社か」

「そうです」

「だが、なぜ、そいつらだと思うんだ？」

畳みかけるように問われ、立ちあがった篁が説明する。

「彼らだと思った理由は、先日、店の近くで撮影を行っていたテレビ局の人間が、うちの店に『霊道』が通っていると主張し、店内にある古井戸を見せてほしいと言ってきたからです。そして、彼らに同行し、スタッフたちに熱心に『霊道』の話をしていたのが、『天命会』所属の篝天啓でした」

「なるほど。それは、間違いなくアヤシイ」

　納得した閻魔が、さらに訊く。

「それなら、目的は？」

「さあ」

　篁が小さく首をかしげて応じる。

「さすがに、そこまでは――」

　それは、至極当然の答えであったが、「ふうん」と相槌を打った閻魔が意地悪く訊き返した。

「わからないんだ？」

「はい」

「役立たず」

　パチンと扇を閉じながらの言葉に対し、涼しい顔で聞き流した篁より、むしろ司命と司録が顔を見合わせる。ふだんはどちらかといえば閻魔を贔屓《ひいき》している司命にしても、「さすがにそれはないだろう」と思ったのだ。

　とはいえ、司命にとっても、篁をやり込めるいい機会であると思い直したらしく、すぐにキツネ目を細め、「それで」と問いかけた。

「野相公殿。この不始末に対し、どう責任を取られるおつもりで？」

「それは、のちのち考えるとして、今は、侵入者の捜索に協力しようかと」

だが、篁が言っているうちにも、荒々しい足音を立てて広間に踏み込んできた大柄な獄卒が、ガチャガチャと鉄の棍棒《こんぼう》の音をさせながら閻魔の前に進み出る。

「閻王様」

「巡察使か。見まわりご苦労だな」

「は」

一度、謹んで頭をさげた相手が、本題に戻って報告する。

「閻王様にご報告があって参りました。今、よろしいでしょうか？」

「ああ、なんだ？」

許可を得た巡察使が、言った。

「侵入者の報を受け、獄内を念入りに見まわってましたところ、『東嶽大帝』の文書課付近で生きた人間を捕縛しましたので、連れて参りました」

「……『東嶽大帝』？」

篁が、黒曜石のような瞳を伏せてつぶやいた。彼の中で、なにかが引っかかったようである。

そんな篁の前で、閻魔が命令する。

「わかった。ここに連れてこい」

「御意」

一礼して踵を返した巡察使から篁に視線を移し、閻魔が嫌味っぽく告げる。

「助かったな、篁。わざわざ捜しに行く手間が省けたぞ」

「恐れいります」

地獄の中枢である冥府のある地点まで、生身の人間が来ることはほとんどない。

つまり、生身の人間を捕縛したのであれば、それは、十中八九、「あおやぎ亭」から来た侵入者であるはずだ。

篁が、続けて閻魔に告げる。

「侵入者が捕まったのであれば、我々がここにいる意味もなくなりますので、これより地上に戻り、引き続き、肉体としての朝比奈明彦の探索を行いたいと思います」

「――ああ、わかった」

閻魔が了承し、一礼して踵を返した篁に続いて歩き出した結人であったが、先ほどの巡察使が、侵入者を引き連れて戻ってくるのとすれ違った瞬間、思わず足を止め、叫んでいた。

「――嘘、アキ⁉」

その声が、朱塗りの柱や欄干に彩られた広間に反響したため、御坐の中であくびをしていた閻魔や、その背後でお白洲の情報を整理していた司命や司録の気を引いた。

当然、篁も、驚いて結人のほうを振り返る。

ただ一人、固まったように動かずにいた結人に、侵入者がニヤッと笑いかけた。

「ああ、お前か、結人。――思ったとおり、お前は、こっち側を知っている人間だったんだな」

その高飛車な言い方は、間違いなく従兄弟の「アキ」であったが、以前は感じられた温かみのようなものが、今の明彦からは、いっさい感じられない。別人のようでいて別人ではない、それが、今の明彦だ。

「……アキ」

結人が、悲しそうに訊き返す。

「いちおう、まだ僕のことがわかるんだ？」

明彦が眉をひそめて言った。

「当たり前だろう。なに寝惚《ねぼ》けたことを言っているんだ。――それより、結人、これ、なんとかしてくれよ」

身体に巻きついた縄を示しながら訴える。

結人にしてみれば、半分別人になってしまった明彦であるが、明彦のほうは、まだ本当の明彦の魂が見つかったことを知らずにいるため、結人の従兄弟という立場を利用し、この場を逃れようとしているらしい。

だが、この明彦は、朝比奈明彦の身体を乗っ取っている「誰か」なのだ。

結人が、なんとも切なそうな表情になったところで、御坐の閻魔が声をあげた。その直前、手にしたタブレット型端末を見ていた司録が会心の笑みを浮かべ、閻魔に近づきなにやら囁いていた。

「――おい、そこの罪人」

だが、とっさに気づかなかった明彦に、閻魔がもう一度呼びかけた。

「お前だよ、お前。偽『朝比奈明彦』」

とたん、明彦が、ハッとしたように振り返る。

目が合ったところで、閻魔が言う。

「そう、お前」

「バカな――。俺は、偽『朝比奈明彦』なんかじゃない。正真正銘、朝比奈明彦だ」

明彦が宣言し、助けを求めるように結人を振り返って言う。

「――な、そうだろう、結人。なんとか言ってくれ」

だが、結人はなにも言えず、悲しそうな目で明彦を見つめるのがやっとだった。

明彦の中にいた明彦でないものを見抜けなかった自分に腹が立っていたし、一緒に過ごした九年間が、懐かしさと愛《いと》しさを伴って蘇《よみがえ》ってもくる。

その矛盾した感情は、まさに、魂と肉体、その二つに向けられた感情であるのだろう。

「あの時から……」

狂おしさの中で、結人がつぶやく。

「あの時から、アキは――」

すると、それまで不敵な表情でいた明彦が、ふいに戸惑いを浮かべて、結人をマジマジと見おろした。その一瞬、彼の顔によぎった表情には、間違いなく、「アキ」として結人とともに過ごした朝比奈明彦の感情が宿っていた。

「結人」

明彦が、戸惑ったまま訊く。

「お前、もしかして俺のことを知って……？」

「アキ」として、結人と過ごした時間。

それは、彼にとっても確実に存在したものであるのに、この瞬間、それが音を立てて崩れていくのを感じる。

「アキ」ではない自分と、明彦という肉体を通して「アキ」でいた自分。

本当の自分を自覚した今も、「アキ」であった己を否定するのはつらいことだし、けっしてあってはならないことのように思える。

その自己矛盾が、思いの外、「アキ」でなくなった彼の魂を苦しめた。

動揺している様子の明彦ではない明彦に対し、結人が答える前に、御坐の閻魔が得意げに言う。

「残念だったな。知っているどころか、お前の正体なんて、と〜っくにばれてんだよ」

実は、「と〜っくに」ではなく、「たった今」であったが、そのあたりは、物事に説得力を持たせるための駆け引きだ。

ハッとして振り返った明彦ではない明彦に対し、閻魔がさらに言う。

「ていうより、ばれないとでも思ったのか？」

「――く」

悔しそうに息を呑《の》んだ明彦ではない明彦が、彼の中の「アキ」を封じ、再び閻魔と対峙《たいじ》する。

「俺の正体が、ばれているって？」

「ああ」

うなずいた閻魔が、司録に顎《あご》で合図を出し、それを受けて、司録が届いたばかりの記録を読みあげる。

彼らが把握していないところで死者の魂による肉体の乗っ取り――冥府の言葉でいうところの『借屍還魂』が行われていたことを受け、彼らは総力をあげ、地上での死亡事件と寿命を突き合わせることで、一つの名前を洗い出すことに成功していた。

「中村和幸。四十七歳の時に奥多摩にて溺れ、十年ちょっとの寿命を残して、肉体のみ火葬に付されて消失。以来、冥籍を持たないまま幽鬼と化す」

「――中村和幸?」

篁が反応したので、司録が「そうなんですよ」と認めて続ける。

「私も驚きましたが、今般、寿命のことで騒ぎを起こしている『天命会』の教祖である浅川奈津子のかつての恋人、泰山の遺跡調査に参加したあと、行方知れずになっていた中村和幸が、彼だったんです」

「なるほど」

篁が感慨深げに納得する。

「そんなこともあるのだな。――いや、というか、これは偶然なんかではなく、むしろそこが発端だったわけか」

それを聞いて憤りを覚えたらしい中村和幸の魂が、明彦の口を通して罵《ののし》った。

「そうだ。あの女、原簿の写しの使い道を知ったとたん、欲を出し、俺を川に突き落として殺したんだ。しかも、十年ぶりにこの身体で会いに行って、非道な過去を暴いてやったら、気絶して、そのままだ。おかげで、原簿の写しがどこにあるかもわかりゃしない。まったく、どこまで俺の邪魔をすれば気が済むのか! あいつは、恐ろしい女だよ。あいつこそ、地獄に連れていくべきだ」

その主張に対し、冥府の王である閻魔が威厳をもって答えた。

「もちろん、彼女も、いずれはここで裁きを受けることになる。――だが」

そこで琥珀色の瞳を光らせて、告げる。

「今は、お前だ、中村和幸。寿命を残したまま肉体を失ったお前は、魂が水鬼となって川に潜み、のちに、同じ場所で溺れた朝比奈明彦の肉体を乗っ取った」

「そうだ、悪いか」

「もちろん、悪いさ。悪いに決まっている」

当然のごとく応じた閻魔が、「とはいえ」と続けた。

「それも、今日までのこと。中村和幸のもともとの寿命は、ほぼ尽きかけていることを考慮し、このまま、死者として、裁きの場に赴いてもらおう。――よって、直ちに、朝比奈明彦の肉体から離脱しろ」

人を震えあがらせるくらい、威圧感のある声だ。

明彦――もとい、中村和幸の魂も、その迫力に多少怖気《おじけ》づいたようだが、なんとか踏ん張り、言い返した。

「……嫌だと言ったら？」

「強引に取り返すまでだ」

少年のなりのまま高飛車に応じた閻魔が、「言っておくが」と続ける。

「死者への『借屍還魂』と違い、魂が一時的に抜け出ていただけの生者への『借屍還魂』は、間接的であれ、人の寿命に関与することになるため、重罪とみなされる。だが、今すぐ、その者の肉体を解放すれば、多少の減刑は考えてやろう。――お前としても、悪い話ではないはずだ」

だが、そこでふいに老獪《ろうかい》な笑みを浮かべた明彦の中の中村和幸が、憎々しい声ではっきりと宣言した。

「断る」

「なんだと？」

御坐の上で身を乗り出した閻魔が、片膝を立てて訊き返す。

「お前、正気か？」

「ああ」

「抵抗したところで、引きはがされて終わりだぞ？」

それは事実で、みずから肉体を放棄させる、いわば『自主投降』を勧めたのは、閻魔の慈悲に過ぎない。

それだというのに、この期に及んで抵抗するというのか。

美しい顔に怒りを浮かべた閻魔に対し、どういうわけか、ここに来てやけに傲岸《ごうがん》な態度になった中村和幸である明彦が言い放つ。

「引きはがせるものなら、やってみろ。――だが、本当にできるかな？」

「できるさ」

言うなり、閻魔が宙を飛び、ストンと明彦の肉体の前に降り立って続ける。

「他人の身体を乗っ取っておいて、反省の色もない中村和幸。これより、お前の魂を捕縛する。覚悟しろ」

それから、ふいにグッと明彦の身体の心臓あたりに手をあて、そのままぐぐっと体内にその手をめり込ませた。

驚いたのは、結人だ。

「嘘！　駄目！」

悲鳴に近い声をあげ、慌てて止めようとしたが、篁に腕をつかまれ引き戻される。

「手を出すな、結人。閻魔の仕事だ」

「でも、アキが――」

腕をつかまれたまま、心配そうに明彦の肉体を見つめる結人に、篁がなだめるように告げた。

「心配せずとも、従兄弟の肉体に支障はない。――ここを、どこだと思っている？」

ここが冥界で、閻魔は、この世界を統《す》べる王であれば、そのやることに抜かりはないと言いたいのだろう。

それはわかっているが、だとしても、ハラハラするのは止められない。

そんな結人のそばで、篁が「それより、心配なのは……」とつぶやいた。

篁は、先ほどから、どうにも引っかかっていることがある。

明彦の中にいる中村和幸が、冥界に来た理由だ。危険な真似をしてまでここに来る理由が、今のところ、篁にはまったく思い浮かばない。

加えるに、あの態度。

冥府の王を前にして、自分が優勢であることを疑っていない自信は、いったいどこから来ているのだろう。

中村和幸の持ち得る切り札とは、なんなのか。

(いや)

そこで、唐突に篁の頭に浮かんだ疑問。

(それ以前に、この魂は、本当に「中村和幸」のものなのか?)

と、その時だ。

「バカな――」

ふいに、閻魔の驚くような声がした。

見れば、明彦の肉体に腕をのめり込ませたまま、ひどく混乱したように目の前の人物を見あげている。

いったい何事が起きたのか。

篁だけでなく、司命や司録も不審げに見守る中で、閻魔が警戒心を込めて、その言葉を口にした。

「……お前、誰だ？」

さらに明彦の肉体から手を引き抜き、一歩さがって言う。

「少なくとも、中村和幸ではないな」

とたん、ゆるりと笑った相手が、おもしろそうに答えた。

「安心しろ。その名前で呼ばれていたこともある」

「……呼ばれていたこともある？」

異様な事態に、じりじりと間合いを取りつつ閻魔のそばに寄った司命が、キツネ目をさらに細めて訊き返す。

「それは、どういう意味だ？」

それに対し、ニヤニヤするだけの相手を琥珀色の瞳で睨んでいた閻魔が、ふと思いついたようにつぶやいた。

「投胎《とうたい》か——」

聞きつけた司録が、「まさか」と応じる。

「中村和幸が嬰児《みどりご》の時に、何者かが、その肉体を乗っ取ったと——？」

生まれたばかりの子どもの肉体を死者が乗っ取ることを、別に「投胎」と呼び、一般の「借屍還魂」とは区別してきた。

一種の嬰児殺しであり、明らかに邪道だからだ。

それぞれがそれぞれの目で見つめる中、明彦の肉体を支配している何者かが、大声で笑う。

「小僧。お前も、ちょっとは賢いようだ」

冥府の王である閻魔を「小僧」呼ばわりし、愉快そうに続ける。

「もっとも、残念ながら、中村和幸はもともと死産であったから、必ずしも『投胎』とは言えないが」

「……死産？」

「そうだ。そして、たまたま、それより数日前に起こった山間部の大地震で、割れた岩から解放され自由の身となっていた我が魂は、同じ地震による死者の肉体に入り込んで病院へと運ばれ、さらにその後、身体的損傷の少ない嬰児の肉体へと移って我が物にしたというわけだ」

得意げに説明してから、「だが、そうなると」と告げる。

「貴様らは、我の本当の名前を呼ばわるか、でなければ、この肉体を亡きものとして魂を引きはがさない限り、どうにもしようがない」

彼の言うとおりで、中に潜んでいる魂を特定できなければ、それを肉体から引きはがすことは、たとえ閻魔であっても不可能だ。

方法があるとすれば、それは宿主の物理的な死だけである。

「え、ちょっと待って」

結人が、絶望的に口をはさむ。

「つまり、アキを殺さないと、そいつはアキの身体から出ていかないってこと？」

閻魔が、悔しそうに答える。

「そういうことだ」

「そんな、ずるい！」

思わず、そんな言葉が結人の口をついて出るが、明彦の肉体を乗っ取っている者は、「ずるい？」と繰り返し、不満そうに言い返す。

「どこがずるいんだ。――いいか。そもそも、十年も寿命が残っている魂を回収することもできずに放っておく現冥府の能力の低さ、怠慢さのほうが、問題だろう。置き去りにされた魂は、その間、己の存在への不信感を抱えて縮こまっているしかない。そのつらさが、おぬしらにわかるか⁉　こんな無能な奴らが、人の寿命を支配し、まして、その魂の罪科を測るなど、言語道断、決してあってはならないことだ。――このような奴らを、私は、けっして許さない」

強烈な批判を受け、一瞬返す言葉を失った冥府の面々であったが、一人、篁だけは、冷静に相手の言わんとしていることを吟味していた。

「つまり」

篁が言う。

「そちらの真の目的は、冥府の支配権を奪うことにあるということですね。言い換えると、冥府へのクーデターです。——そのために、人間の寿命を支配する原簿が必要でしたか？」

ハッとした相手が、どこか警戒するように篁を見て言う。

「だとしたら、なんだ？」

「いや」

聡明《そうめい》そうな瞳を伏せて考え込みながら、篁が答える。

「先ほどから、考えていたんですよ。なぜ、貴方が、『東嶽大帝』の文書課付近をうろついていたのか。——その狙《ねら》いが、現在、そこに保管されている原簿にあったとして、なぜ、迷うことなく『東嶽大帝』の文書課を目指す気になったのか。それが、そちらのお話を聞くうちに思いつきました」

「……なにを？」

今は、心底恐ろしげに篁を見ながら、明彦の中にいる者が問いかけた。

「なにを思いついたんだ？」

「もちろん、貴方の正体ですよ」

涼しげに微笑《ほほえ》んだ篁が、「私の記憶に間違いがなければ」と続ける。

「はるか以前、平安の御世《みよ》に京の都の文書室で見た漢代の書に、その昔、泰山を支配していた東嶽大帝のもとから原簿の写しを持ち出した官吏がいたという話が載っていて、さらに、その官吏の名前も挙げられていたんです。その書によれば、彼は、東嶽大帝のためというより、自らの野心のために写しを持ち出し、結局、事態を穏便に済ませたかった東嶽大帝が放った密使の手で殺され、その魂は岩に閉じ込められたという結末だったはずです。――ただ、持ち出された写しは隠されたあとで、見つけることは叶《かな》わず、それを公にできなかった当時の関係各所は、初めから、そんなものはなかったということで合意した」

そこで一度言葉を切った篁が、「むろん」と続ける。

「その話が書かれていたのは、伝奇のようなものを集めた異国の読み物で、私も、その時は、荒唐無稽《こうとうむけい》な作り話の一つとしておもしろおかしく読みましたが、案外、事実が含まれていたのかもしれないと、たった今、思いましたよ」

結人にしてみれば、千年も前に読んだ話を覚えている篁のほうが、一種、荒唐無稽であるといえた。

それでも、明彦の肉体を支配している何者かは、篁の話に焦りを覚えたようである。ぎらぎらした目で篁を睨みつけ、今にも飛びかかりそうであったが、篁は相変わらず涼しげな顔で、「ということで」と決定打を繰り出した。

「貴方の正体は、かつての東嶽大帝麾下《きか》の文官、岳文用《がくぶんよう》ですね」

とたん、カッと目をむいて襲いかかってきた明彦の肉体を、篁は器用にかわすと、相手の手を逆手にとって背後から押さえつけた。その鮮やかな身のこなしは、平安時代に文武両道を謳《うた》われた貴人、小野篁の姿をまざまざと見せつけた感じだ。

篁に押さえつけられた明彦の肉体の前に、勝ち誇った閻魔が堂々と進み出る。

「残念だったな。さんざん悪口を言ってくれたが、現冥府にも、こんな風に優秀な人材はいてね」

言うなり、再び心臓に手を潜らせると、そこから中身を引きずり出すように腕を引き、「ということで」と冷徹な声で宣告した。

「岳文用。お前に裁きは不要だ。冥府への謀反を企てた咎《とが》により、地獄の最下層行きを命ずる」

その言葉とともに引きずり出されたのは、意外にも、ほとんど原形を留めない黒い靄《もや》のような塊であった。

ぐにょぐにょした印象のそれは、例えて言うなら「スライム」のような感じである。

「……うわ。なんだ、あれ」

篁を手伝い、他人の魂が抜けてぐったりしてしまった明彦の身体を支えながら結人がつぶやくと、反対側から明彦の身体を支えていた篁が、小さな声で教えてくれた。

「妄執《もうしゅう》と化した魂のなれの果てだ。——おそらく、君の従兄弟が長らく『アキ』であれたのは、岳文用にほとんど人格が残されてなく、ただ、無意識の奥底の執念として入り込んでいたせいだろう。中村和幸も、アレにとっては借り物の記憶に過ぎなかったし、これなら、案外、新たな朝比奈明彦としての肉体と魂の融合は簡単かもしれない」

それを聞いて、結人の顔に晴れやかな表情が浮かんだ。

「本当に、そう思いますか?」

「ああ。思うよ」

「よかった——」

心底ホッとしたように言った結人は、明彦の身体をしっかりと支え直しながら、「もうすぐ戻れるからな、アキ」と囁いた。

「それで、早く、真明ちゃんのところに行こう——」

# 終章

もうすぐ戻れるからな――。

そう明彦《あきひこ》の肉体に囁《ささや》いたものの、実際に明彦が、結人《ゆいと》たちが運び込んだ病院で意識を取り戻したのは、あれから一週間以上もあとのことだった。

篁《たかむら》が言うには、明彦の魂を、十年先行している肉体に馴染《なじ》ませるために、天部から特別に取り寄せた彼のここしばらくの善行・悪行の記録を適当に抜粋して記憶させるのに時間がかかったからであるそうだ。

「ふだんなら」

閻魔《えんま》が、篁を相手にブツブツと文句を言ったらしい。

「こんな面倒なことは、ぜ～ったいにしないんだけど、あいつ、意外と小うるさそうだし」

あいつというのは、もちろん結人のことである。

篁から話を聞き、その光景が目に浮かぶようだと思った結人は、今度、近くの閻魔堂にきちんと挨拶《あいさつ》に行こうと、心に誓う。

するとと、篁が、心の声を聞いたわけではないだろうに、「もし」とコーヒーを淹《い》れながら告げた。

「お礼が言いたければ、そのお地蔵様に言えば、届くよ」

言葉と同時にカウンターの上にある愛らしいお地蔵様を顎《あご》で示されたので、結人はこちらを見あげてくる顔を見おろし、試しに、そっとつるんとした頭を撫《な》でてみる。

それから、心を込めて挨拶した。

「ありがとうございます、閻魔様。おかげで、アキは、ブラックコーヒーを飲まなくなったこと以外は、めきめきと以前の調子を取り戻しています」

いちおう、その状態でしばらく待ってみたが、残念ながら、うんでもすんでもなかったため、改めてカウンター越しに篁と向き合って座り、「そういえば」と訊《き》く。

「忘れてましたけど、『天命会《てんめいかい》』が所持しているはずの、例の原簿の写しって、どうなったんですか？」

いろいろなことが重なり、すっかりどうでもよくなっていたが、明彦のことも落ち着いてきた今、ふとそのことが気になった。

それがある限り、また、誰かが寿命を宣言されてしまう危険がある。

「ああ、あれね」

篁が、淹れたてのコーヒーを結人の前に置きながら応じる。

現在、午後の三時で、いちおうティータイムの時間帯であったが、客はおらず、店内には篁と結人の二人だけだ。

そこで、客が来るまでの間、コーヒーブレイクと相成った。そのあたり、かなり適当な店主である。

「あれは、閻魔が取り戻して、無事解決したよ」

「へえ」

いつの間に、と思った結人が、興味津々で問いかける。

「でも、どうやって？」

「それは、彼のよく使う手だけど、ケガで入院中だった彼女の夢枕《ゆめまくら》に立って、罪業の深さについてとっくりと教えたんだよ。予言も含め、寿命を操ることは極刑に値するため、すぐに原簿の写しを返し、なおかつ、行脚の旅に出ないと、死後は無間地獄行き確定だって」

「え、そうなんですか？」

結人は素直に信じたが、篁が、あっさり「いや」と否定した。

「そんな罰則は、なかったはずだよ。――ああ、外法《げほう》の取り締まりは、別か。あれには、重い罰則があったはずだな」

「うん。古代インド伝来の魔術で、使える人間は限られているけど、その呪法《じゅほう》を用いれば、寿命のやり取りができてしまう」

「へえ」

「もっとも、今の世の中に、それができる人間がいるとは思えないし、今回の件は、それとは根本的に違うからね。岳文用《がくぶんよう》以来、原簿やその写しが他《ほか》の人間の手に渡ったことはなく、罰則も特に必要なかったというのが、正確なところかな」

「ああ、ですよね」

結人も、そんな気がしていたのだが、「ただ」と篁が付け足す。

「閻魔は、ある意味、彼自体が冥界《めいかい》の法でもあるので、今回の件で彼のくだした裁きが、そのまま判例集に載り、それが今後の基準になることは十分あり得る」

「閻魔様自体が法……」

結人は、納得すると同時に、見た目はあんな少年なのに、その肩に乗っているものはなんと大きいのかと、少しだけ同情する。

これなら、多少口が悪くて、けっこう人使いが荒くても、仕方ないかと思えた。

篁が、「それに」と続ける。

「オプションとして、地獄めぐりの旅をつけて、獄卒に地獄を案内させたら、彼女、すっかり改心して、退院するやいなや原簿の写しを返し、『天命会』から足も洗って、来週には、四国へお遍路《へんろ》の旅に出るそうだ」

「それは、効果絶大ですね」

応じた結人が、「だけど」と訊く。

「そもそものこととして、写しを含めたその『原簿』って、いったいなんなんでしょう」

少なくとも、電話帳のように個人個人の情報が載っているのだとしたら、その数は膨大過ぎて、とてもではないが管理しきれないだろうし、なにより、過去の時点での写しであるなら、現代に生きる人間の情報まではわからないはずだ。

それとも、未来永劫《えいごう》、すべての寿命が書かれたものが存在するのだろうか？

それが気になっていた結人であったが、篁はいともあっさり答えた。

「知らない」

「え、知らないんですか？」

「知らないよ。だって、人間が見ていいものではないからね」

結人はひどく意外だったが、考えてみれば、篁も、長寿ではあっても人間であることに変わりはないので、原簿に触れることは禁じられているのだろう。

だが、そんな篁だからこそ、己の寿命を知りたくなったりしないのか——。

「まあ」

篁が付け足す。

「推測だけで言わせてもらえば、おそらく、寿命を算出する複雑な計算式のようなものがえんえんと書かれているのではないかと」

「計算式？」

「うん」

うなずいた篁が、「あくまでも」と念を押す。

「僕の推測に過ぎないけど」

「……はあ」

相槌《あいづち》を打ちつつ「計算式ねえ」とつぶやいていた結人は、その時、ふと視線を感じて振り返った。

とたん、その表情が固まり、カウンターの向こうで、九州土産の冷凍保存された梅ケ枝《うめがえ》餅《もち》をトースターに入れていた篁を呼ぶ。

「……あの、篁さん」

「なんだい？」

「……コーヒー」

「お代わり？」

だが、そこで篁のほうに向き直った結人が、「いや、僕じゃなく」と言って、横のほうを指さした。

つられて篁が視線をやると、先ほどまでは、たしかに店内を向いていたはずのお地蔵様が、いつの間にかこちらを向き、もの欲しそうにじっとカウンターの上のコーヒーカップを見つめている。

ある意味、ホラーだ。

結人が、言う。

「なんか、閻魔様もコーヒーが飲みたいみたい……」

そんな「あおやぎ亭」の外では、葉を散らし始めた柳の古木が、秋風に吹かれ、さらさらと揺れ動いていた。

# あとがき

あれから一年。

前回、ギリギリの脱稿になり、本当に申し訳ないことをしたと思っていたのに、またまたギリギリの脱稿になってしまい、なんだかもう自分が嫌いになりそうです。でも、自己嫌悪に陥らない練習をしているので、今は自分を嫌いになるわけにもいかず、その分、反省だけはきっちりしたいと思います。

というか、自己嫌悪に陥っている間って、結局、きちんと反省できていないんじゃないかと思うようになった今日この頃、何歳になっても、「日々是好日《ひびこれこうじつ》」ならぬ、日々是勉強ってところでしょうか。

ということで、ご挨拶《あいさつ》が遅くなりましたが、こんにちは、篠原美季《しのはらみき》です。

今回は、「妖異譚」の世界を離れ、一年前に立ちあげた新シリーズ「幽冥食堂『あおやぎ亭』の交遊録」の続編です。

博覧強記《はくらんきょうき》を誇るアシュレイが不在なので、それほど小難しい話題もなく、でも、さすが当代の知識人として名を馳《は》せた篁《たかむら》さんらしい、それなりに知的興奮もある展開になっていて、二作目にして、大好きなシリーズとなりつつあります。

ま、そういう意味で、正直、一作目はちょっと硬かったかな。久々の新シリーズで緊張していたというのもあり、今回のほうがのびのびと世界観を描けたように思います。

そういえば、今回、閻魔《えんま》が地上にやってきて、挟み込みのショートショートでは「あおやぎ亭」でコーヒーまで飲んでいるのですが、次回は、もしかしたら、閻魔に倣《なら》い、司《し》命《みょう》と司録《しろく》も来るかもしれず、そうなると、篁さんは、かなり頭が痛いでしょうね。

気の毒に――。

でも、そんな心配をする前に、次はもちろん「欧州妖異譚」で、ユウリとシモンか、ユウリとアシュレイかはわかりませんが、冒険の旅に出ていただきましょう。

ということで、最後になりましたが、今回も、ギリギリのお仕事になってしまったにもかかわらず、相変わらず美しいイラストを描いてくださったあき先生、並びに、この本を手に取ってくださったすべての方々に心からの感謝を捧《ささ》げます。

では、次回作でお会いできることを祈って――。

黄金週間の只中に

篠原美季　拝

『幽冥食堂「あおやぎ亭」の交遊録――水の鬼――』、いかがでしたか？
篠原美季《しのはらみき》先生、イラストのあき先生への、みなさまのお便りをお待ちしております。

篠原美季先生のファンレターのあて先
〒112-8001　東京都文京区音羽2－12－21　講談社　文芸第三出版部「篠原美季先生」係

あき先生のファンレターのあて先
〒112-8001　東京都文京区音羽2－12－21　講談社　文芸第三出版部「あき先生」係

N.D.C.913　264p　15cm

篠原美季（しのはら・みき）
４月９日生まれ、Ｂ型。横浜市在住。
「健全な精神は健全な肉体に宿る」と信じ、
せっせとスポーツジムに通っている。
また、翻訳家の柴田元幸《しばたもとゆき》氏に心酔中。

講談社X文庫

white heart

幽冥食堂《ゆうめいしょくどう》「あおやぎ亭《てい》」の交遊録《こうゆうろく》 ――水《みず》の鬼《おに》――

篠原美季《しのはらみき》

●

2018年６月４日　第１刷発行

定価はカバーに表示してあります。

発行者――渡瀬昌彦
発行所――株式会社 講談社
東京都文京区音羽2-12-21 〒112-8001
電話 編集 03-5395-3507
販売 03-5395-5817
業務 03-5395-3615

本文印刷－豊国印刷株式会社
製本―――株式会社国宝社
カバー印刷－半七写真印刷工業株式会社
本文データ制作－講談社デジタル製作
デザイン－山口　馨



ISBN978-4-06-511861-0

# ホワイトハート最新刊

## 幽冥食堂「あおやぎ亭」の交遊録
——水の鬼——

**篠原美季**　絵／あき

路地裏に佇む不思議な食堂「あおやぎ亭」。端正でどこか古風な店主と「死者の魂」が見えるバイトの下を訪れる人たちには、それ相応の理由があった。寿命を当てる占い師に明日、命を落とすと告げられた女性が「最後の晩餐」をとやって来るが……。

## 恋する救命救急医
永遠にラヴィン・ユー

**春原いずみ**　絵／緒田涼歌

もう二度と……おまえを失いたくない——。篠川の恋人であり同居人の賀来が新店舗の準備で多忙になり、すれ違いの日々が続いていた。そして、久しぶりに自宅で夕食を共にした夜、賀来が倒れてしまい——!?

## ダ・ヴィンチと僕の時間旅行

**花夜光**　絵／松本テマリ

男子高校生が歴史の大舞台へタイムリープ。高校生の柏木海斗は母の故郷フィレンツェで襲撃され、水に落ちた。……と思ったら、次に目覚めたとき、五百年以上昔のメディチ家の男と入れ替わっていて!?

## 黒き覇王の寡黙な溺愛

**北條三日月**　絵／白崎小夜

私のすべてを、所有してほしい。記憶を失った状態で国王・レオンに保護された少女リリィは、寵愛を一身に受け離宮で穏やかに暮らしていた。けれど、レオンから妃にしたいと言われて——。

# ホワイトハート来月の予定（7月3日頃発売）

ブライト・プリズン　学園の薔薇と秘密の恋 …………… 犬飼のの
とりかえ花嫁の冥婚　偽りの公主 …………………… 貴嶋 啓
千年王国の盗賊王子　聖櫃の守護者 ………………… 氷川一歩
無垢なる花嫁は二度結ばれる ……………………… 火崎 勇

※予定の作家、書名は変更になる場合があります。